Les Romans de la table ronde. Les Amours de Lancelot du Lac

Jacques Boulenger

LES AMOURS DE LANCELOT DU LAC

I

Le conte dit qu'il y avait anciennement, parmi les forêts du royaume de Logres, une foule de grottes où les chevaliers errants trouvaient toujours le vivre et le couvert : car, lorsque l'un d'eux avait besoin de boire et de manger, il n'avait qu'à se rendre à la plus prochaine, et aussitôt une demoiselle de féerie en sortait, on ne peut plus belle, qui portait une coupe de fin or à la main, avec des pâtés très bien lardés et du pain ; et elle était suivie d'une autre pucelle, qui tenait une blanche serviette merveilleusement ouvrée et une écuelle d'or et d'argent où se trouvait justement le mets que le chevalier désirait ; et encore, si le plat ne lui plaisait point, on lui en apportait d'autres à sa volonté.

Mais il advint qu'un chevalier mauvais et plein de vilenie força l'une de ces pucelles au bord de sa grotte, et ensuite lui prit la vaisselle d'or où elle l'avait servi. D'autres agirent comme lui : de façon qu'elles ne voulurent plus se montrer, pour prière qu'on leur en fit.

Lorsque le roi Artus eut fondé la Table ronde par le conseil de Merlin, les chevaliers de sa maison convinrent qu'ils protégeraient toutes les demoiselles. Si une pucelle était conduite par un chevalier et que celui-ci fût outré et vaincu, alors elle appartenait au vainqueur. Mais celle qui était seule n'avait rien à redouter, sinon des félons, dont il n'y avait guère en ce temps, et elle pouvait aller aussi sûrement par le royaume que si elle eût été gardée. Néanmoins, on n'eut plus jamais aucune nouvelle des pucelles des grottes.

Ce fut le commencement des temps aventureux. Alors la Bretagne bleue fut pleine de merveilles et les chevaliers se mirent à errer. Partout, il y avait des pas difficiles et des coutumes singulières qu'on ne pouvait franchir ou redresser qu'à grande prouesse : grâce à quoi les chevaliers, et surtout ceux de la Table ronde, faisaient tant d'armes que leur renom en est demeuré jusqu'à présent. Ils chevauchaient par monts et par vaux sur leurs grands destriers, abattant les mauvais usages, défiant les félons, ramenant les méchants à raison, détruisant les larrons qui volaient sur les routes ; et des demoiselles qu'on ne saurait demander plus avenantes cheminaient sur leurs palefrois ; et, pendant ce temps, la cour du roi Artus resplendissait sur le pays de Logres, ornée de la reine Guenièvre et de ses dames, brillante d'or, d'argent, de riches draps de soie, de fêtes, de gerfauts, d'éperviers, de faucons, d'émerillons. Là vivaient les compagnons de la Table ronde, et jamais on ne vit si bons chevaliers, si preux, si fiers, si vigoureux et hardis ; mais on estimait alors la prouesse à beaucoup plus haut prix qu'aujourd'hui.

Cinq fois l'an, à Pâques, à l'Ascension, à la Pentecôte, à la Toussaint et à la Noël, le roi Artus tenait cour renforcée et portait couronne. En ce temps-là, nul ne passait pour vraiment preux, qui n'eût demeuré quelque temps en sa maison : aussi les barons venaient-ils en foule à ces cours. Et celle de la Pentecôte était la plus enjouée et la plus gaie, parce que c'est ce jour-là que Notre Sire, monté au ciel, envoya le Saint-Esprit parmi ses fidèles, qui étaient aussi déconfortés que des brebis qui ont perdu leur pasteur. Mais celle de Pâques était la plus haute et la plus honorée, en mémoire du Sauveur qui ressuscita et nous racheta des éternelles douleurs. D'ailleurs, à maintes autres époques, comme la Chandeleur et la mi-août, ou bien le jour de la fête de la ville dans laquelle il se trouvait, et encore quand il voulait faire honneur à quelques gens, le roi tenait sa cour ; mais cela ne s'appelait point cour renforcée. Et, à toutes ces cours, il avait coutume de ne se mettre à son haut manger que lorsqu'une aventure s'était présentée à ses chevaliers.

II

Or, le vendredi avant la Saint-Jean, le roi chassa tout le jour dans la forêt de Camaaloth ; vers le soir, comme il regagnait la ville avec ses gens, il vit venir à lui une belle compagnie.

En tête, deux garçons à pied menaient deux sommiers blancs, dont l'un portait un léger pavillon de campement, le plus riche qu'on eût jamais fait, et l'autre deux beaux coffres pleins de robes de chevalier. Puis avançaient, deux par deux, quatre écuyers montés sur des coussins et tenant qui un écu à boucle d'argent, qui un heaume argenté, qui une lance, qui une grande épée, claire, tranchante et légère à merveille ; et après eux d'autres écuyers et sergents ; puis trois pucelles ; enfin une dame accompagnée d'un damoisel beau comme le jour et de deux gentils valets avec lesquels elle causait. Et les robes, les armes, les écus, les chevaux, tout dans ce cortège était couleur de neige.

Le roi s'arrêta, émerveillé. Cependant la dame, l'ayant aperçu, pressait son palefroi et, dépassant son escorte, s'avança vers lui en compagnie du beau damoisel. Et sachez encore qu'elle était vêtue d'une cotte et d'un manteau de samit blanc, fourré d'hermine, et qu'elle chevauchait un petit palefroi amblant, si bien taillé qu'on n'en vit jamais de plus beau, dont la housse de soie traînait jusqu'à terre ; son frein et son poitrail étaient d'argent fin, sa selle et ses étriers d'ivoire subtilement gravé d'images où l'on voyait des dames et des chevaliers. Dès que la dame arriva devant le roi, elle écarta son voile et, après lui avoir rendu le salut qu'il se hâta de lui faire le premier, en gentilhomme courtois et bien appris qu'il était, elle lui dit :

— Sire, Dieu vous bénisse comme le meilleur des rois de ce monde ! Je viens de bien loin pour vous demander un don que vous ne me refuserez point, car il ne peut vous causer nul mal et ne vous coûtera rien.

— Demoiselle, répondit le roi, dût-il m'en coûter beaucoup, pourvu qu'il ne me soit, à honte et qu'il ne cause dommage à mes amis, je vous l'octroierai, quel qu'il soit.

— Sire, grand merci ! Je vous requiers donc de faire chevalier ce mien écuyer, lorsqu'il vous le demandera.

— Belle amie, grâces vous soient rendues de m'avoir amené ce beau jouvenceau. Je lui donnerai ce qui est de moi : ses armes et la colée ; Dieu ajoutera le surplus : c'est la prouesse.

La dame remercia le roi et lui apprit qu'on l'appelait la Dame du Lac ; après quoi, quelque prière qu'il lui fit de demeurer, elle prit congé, le laissant fort étonné, car il n'avait jamais entendu prononcer ce nom.

III

Le damoisel, qui semblait au désespoir de la quitter, voulut la convoyer quelque temps. Quand ils eurent cheminé côte à côte, tristement, la distance d'un trait d'arc, elle rompit le silence et lui dit :

— Fils de Roi, il faut, donc nous séparer. Mais, auparavant, je veux que vous sachiez, vous que j'ai élevé, que je ne suis pas votre mère et que vous n'êtes pas mon fils. Votre lignée est des meilleures du monde ; et vous apprendrez un jour le nom de vos parents. Songez à vous rendre aussi parfait de cœur que vous l'êtes de corps, car ce serait grand dommage si en vous la prouesse ne valait pas la beauté. Demain soir, vous prierez le roi Artus de vous faire chevalier, et ce jour même, avant la nuit, vous quitterez son hôtel et vous irez errant par tous pays et cherchant aventures : car c'est ainsi que vous gagnerez louanges et valeur. Ne vous arrêtez en aucun lieu, ou le moins possible ; mais gardez d'y laisser quelque exploit à faire à ceux qui viendront après vous. Et si l'on vous demande qui vous êtes, répondez que vous ignorez votre propre nom.

Elle tira de son doigt un anneau qu'elle passa à celui du damoisel. Puis elle le recommanda à Dieu, en le baisant bien doucement, et elle lui dit encore :

— Beau Fils de Roi, écoutez ceci : vous mènerez à bien les plus périlleuses aventures, et celui qui achèvera celles que vous aurez laissées, il n'est pas encore de ce monde… Je vous en dirais davantage, mais mon cœur se serre et la parole me faut… Allez, allez à Dieu, le bon, le beau, le noble, le gracieux, le désiré, le mieux aimé !

Elle lui baisa encore la bouche, le visage et les deux yeux tendrement ; puis elle partit, si triste qu'elle n'eût su prononcer un mot de plus. Et le damoisel pleura en la voyant s'éloigner. Il courut accoler un à un les valets, les pucelles et les garçons ; après quoi il demeura avec les sommiers qui portaient son bagage et deux écuyers que la Dame du Lac lui avait laissés. Alors il se mit en devoir de rejoindre le roi.

IV

Dès le samedi au matin, il vint trouver monseigneur Yvain le grand, qui l'avait hébergé en son logis, et il le pria de requérir le roi Artus de l'armer le lendemain.

— Comment, beau doux ami, lui dit son hôte, ne vous convient-il pas d'attendre encore un peu et d'apprendre le métier des armes ? Il tombe à terre, l'oiselet qui s'élance avant de savoir voler.

Mais le valet répliqua qu'il lui tardait de ne plus etre écuyer, et messire Yvain s'en fut dire son désir au roi.

— Parlez-vous du damoisel à la blanche robe ? répondit celui-ci. Que dites-vous, Gauvain, de notre valet d'hier soir qui veut déjà être chevalier ?

— Je pense que la chevalerie lui siéra bien, car il est beau et semble de bonne race.

— Quel est ce valet ? fit la reine Guenièvre.

— Allez le quérir, Yvain, dit le roi, et faites qu'il s'habille du mieux qu'il pourra ; j'ai idée qu'il a assez de ce qu'il faut pour cela.

Dans la cité, la nouvelle s'était répandue du damoisel qui était venu en équipage de chevalier, de sorte que les rues se trouvèrent pleines de monde, lorsqu'il traversa la ville en croupe sur le cheval de monseigneur Yvain. Au palais même, les chevaliers, les dames et les demoiselles étaient descendus dans la cour pour le voir, et le roi et la reine se penchaient à la fenêtre. Le blanc damoisel mit pied à terre, ainsi que messire Yvain, qui le prit par la main et le mena dans la salle où le roi et la reine firent asseoir entre eux leur parent, tandis que le jouvenceau se plaçait vis-à-vis, sur l'herbe verte dont le sol était jonché. Il était avenant de visage et fait à merveille ; ses bottes étaient si justes qu'on aurait cru qu'il en fût né chaussé, et ses éperons luisaient à s'y mirer. Déjà, la reine Guenièvre le regardait avec douceur et priait Dieu de faire prud'homme celui à qui il avait donné une si belle apparence. Et quant au valet à la blanche robe, toutes les fois qu'il pouvait jeter à la dérobée les yeux sur elle, il s'émerveillait de sa beauté, à laquelle celle de la Dame du Lac ni d'aucune autre ne lui semblait comparable ; en quoi certes il n'avait point tort, car la reine Guenièvre était la dame des dames et la fontaine de vaillance.

— Comment a nom ce beau valet ? demanda-t-elle.

— Dame, je ne sais, répondit Yvain. Je pense qu'il est du pays de Gaule, car il en a le parler.

Alors la reine prit le beau damoisel par la main et lui demanda où il était né. Mais lui, au toucher de cette douce main, il tressaille comme un homme qui s'éveille, et ne réplique mot.

— D'où êtes-vous ? reprend la reine.

Il la regarde et lui dit en soupirant qu'il ne sait d'où. Elle lui demande comme il a nom, et il répond qu'il ne sait comme. À cela, elle vit bien qu'il était tout ébahi et hors de lui-même ; et certes elle n'osait imaginer que ce fût à cause d'elle ; pourtant elle en avait quelque soupçon. Alors, pour ne pas le troubler davantage, et de crainte aussi que nul n'en pensât mal, elle se leva.

— Ce valet ne semble pas de grand sens, dit-elle, et, sage ou fol, il a été assez mal enseigné.

— Qui sait, dame, dit messire Yvain, s'il ne lui est pas défendu de révéler son nom et son pays ?

— Cela peut bien être, répondit-elle, mais si bas que le damoisel ne l'entendit pas.

Puis elle se retira dans ses chambres.

V

La nuit venue, messire Yvain conduisit le beau valet dans une église où il le fit veiller jusqu'à l'aube ; après quoi, il le ramena en son logis pour dormir un peu. Au matin, ceux qui devaient être adoubés le jour de la Saint-Jean reçurent du roi la colée ; puis tout le monde fut entendre la messe et, en revenant, le roi commença de ceindre l'épée aux nouveaux chevaliers.

Mais comme il ne lui restait plus à armer que le blanc damoisel, une pucelle entra dans la salle, la plus belle qui ait jamais été. Ses tresses semblaient de fin or, ses yeux bleus brillaient comme des gemmes et elle était si bien proportionnée qu'on ne voyait rien en elle à reprendre ; que vous dirais-je de plus ? Elle avançait en soulevant légèrement sa robe par devant ; arrivée devant le roi, elle la laissa aller sur l'herbe fraîche et nouvelle dont le palais était jonché ; puis elle salua. Les chevaliers et les dames qui étaient dans la salle s'étaient approchés pour mieux voir une telle beauté, et l'on aurait pu leur couper l'aumônière sans qu'ils s'en aperçussent, tant ils béaient à la considérer ; bref, tous la louaient, petits et grands. Mais elle dit sans s'ébahir, en riant un peu de ce qu'ils la regardaient ainsi :

— Roi Artus, Dieu te sauve ! Je te salue, toi, ta compagnie et tous ceux que tu aimes, de par la dame de Nohant et de par moi-même.

— Belle douce amie, répondit le roi qui était bien disert et savait se jouer en paroles, vous avez grande part en ce salut, puisque tous ceux que j'aime y sont compris.

— Sire, je m'aime donc mieux d'y être avec vous. La dame de Nohant vous demande secours comme à son seigneur lige, car le roi de Northumberland a envahi et gâté sa terre. Tous deux ont convenu que ma dame pourra faire défendre son droit par un chevalier contre un, ou par deux contre deux, ou par trois contre trois, ou par autant qu'elle en pourra avoir. Et elle vous requiert de lui envoyer tel champion qu'il vous plaira.

— Belle amie, répondit le roi, je la secourrai volontiers, car elle tient de moi sa terre. Mais, ne me fût-elle de rien, je ne lui aiderais pas moins, car elle est très vaillante dame, débonnaire et de haute lignée, et pour l'amour de vous.

Le damoisel entendit ces mots : tandis qu'on menait la pucelle au corps gent dans les chambres de la reine, il vint s'agenouiller devant le roi et lui demanda d'être envoyé au secours de la dame de Nohant.

— Sire, ajouta-t-il en le voyant hésiter, vous ne devez pas me refuser le premier don que je requiers de vous après mon adoubement. Je serais peu prisé et, moi-même, je m'estimerais moins, si vous ne vouliez me donner à accomplir ce que peut faire un chevalier.

Là-dessus, messire Gauvain et messire Yvain intervinrent pour représenter au roi qu'il ne pouvait l'éconduire honorablement. Si bien qu'à la fin celui-ci octroya le don, quoiqu'il craignît qu'un tel jouvenceau ne fût pas encore d'âge à porter un si lourd faix de chevalerie.

— Sire, grand merci, dit le damoisel.

Et quand il eut pris congé du roi et des barons, il fut à son logis pour se faire armer.

VI

Or, messire Yvain, qui l'avait accompagné, le vit soudain pâlir et lui demanda ce qu'il avait.

— Ha ! sire, je n'ai pas pris congé de madame !

— Vous avez dit que sage.

Tous deux revinrent au palais et montèrent aux chambres de la reine. Là, le damoisel s'agenouilla sans mot dire, les yeux baissés.

— Dame, dit messire Yvain, voici le valet d'hier soir, que le roi a fait chevalier ce matin ; il vient prendre congé de vous.

— Quoi ! s'en va-t-il déjà ?

— Oui, dame. Il va de par monseigneur porter secours à la dame de Nohant. Il l'a demandé en don.

— Mais comment messire le roi le lui a-t-il octroyé ? Il est si jeune !… Levez-vous, beau doux sire. Je ne sais qui vous êtes, peut-être meilleur gentilhomme que l'on ne suppose, et je vous souffre à genoux devant moi ! Je ne suis guère courtoise !

— Ha ! dame, dit le damoisel en soupirant, pardonnez-moi la folie que j'ai faite !

— Et quelle folie ?

— J'ai pensé sortir de céans sans avoir congé de vous.

— Beau doux ami, vous êtes assez jeune homme pour qu'on vous pardonne un si grave méfait !

— Dame, merci.

Et, après avoir hésité un instant, il dit encore :

— Dame, si vous vouliez, je me tiendrais toujours pour votre chevalier.

— Je le veux bien. Adieu, beau doux ami.

Elle le fit lever en lui donnant la main ; certes il fut bien aise quand il sentit cette main toucher la sienne, toute nue. Il salua les dames et les demoiselles qui avaient ouï parler de sa bonne grâce et de son excellente beauté et qui avaient toutes l'œil sur lui, durant qu'il s'entretenait avec la reine, s'émerveillant que Nature l'eût si bien pourvu de ce qu'elles désiraient le plus ; puis il revint à son logis pour se faire armer. Et là, messire Yvain s'aperçut qu'il n'avait pas d'épée.

— Par mon chef, vous n'êtes point chevalier, puisque le roi ne vous a pas ceint l'épée !

— Sire, répondit le damoisel, je n'en voudrais pas d'autre que la mienne, que mes écuyers ont emportée. Je les rattraperai aisément et je reviendrai aussi vite que mon cheval pourra courir.

Là-dessus, il sauta sur son cheval et partit à toute bride ; mais il ne revint pas, car il espérait bien qu'il serait chevalier d'une autre main que celle du roi. Et messire Yvain, après l'avoir vainement attendu, s'en fut conter au palais comment le valet l'avait trompé. Messire Gauvain dit que c'était peut-être un très haut homme et qui s'était dépité parce que le roi ne lui avait pas ceint l'épée avant les autres, ce que la reine et beaucoup de chevaliers crurent possible. Mais le conte retourne maintenant au blanc damoisel qui chemine avec ses gens.

VII

Ses écuyers portaient sa lance, son écu et son heaume, et l'un menait en laisse son destrier, tandis que l'autre chassait devant lui les deux sommiers. Le damoisel chevauchait à leur suite, tout pensif, et ainsi allèrent-ils jusqu'à ce qu'ils parvinssent à la cité de Nohant

Alentour le pays était ravagé et les maisons incendiées ; mais le roi de Northumberland et ses hommes étaient alors occupés à piller à quelque distance, si bien que le portier les laissa passer, quand il vit qu'ils n'étaient que trois. Les vilains des environs étaient venus se réfugier dans la ville, et elle était si pleine de gens que le blanc damoisel erra longtemps avant de trouver à se loger ; enfin, dans une petite rue, il aperçut un boucher qui lui sembla prud'homme, assis sur les marches de sa maison. L'un des écuyers vint requérir ce vilain de les héberger ; il répondit qu'il n'avait point de place. Pourtant, quand sa femme, qui était bonne à Dieu et au siècle, l'en eut prié, il consentit à recevoir les étrangers dans une grange qu'il avait. Là, les écuyers désarmèrent leur seigneur, puis ils firent nettoyer tout et joncher le sol de paille fraîche, dressèrent un riche lit, firent des sièges, allumèrent un beau feu de bûches sèches et de charbon, mirent les chevaux à l'écurie, les pansèrent, leur donnèrent l'avoine ; enfin ils tirèrent des coffres de belles robes de chevalier et de valets, blanches comme fleur en avril, dont le damoisel et eux-mêmes se vêtirent ; et, après avoir pris soin d'enfermer les chevaux à l'étable et les malles dans une chambre dont ils ôtèrent la clef, ils s'en furent doucement tous les trois vers le château, non sans regarder curieusement par la ville.

Lorsqu'ils entrèrent dans la salle, la dame de Nohant causait dans l'embrasure d'une fenêtre avec son sénéchal, et elle se demandait comment elle pourrait défendre sa terre, car beaucoup de ses chevaliers avaient été durement blessés dans les dernières rencontres. Le blanc damoisel vint à elle et, après l'avoir saluée, il lui dit que le roi Artus l'envoyait pour soutenir son droit.

— Beau sire, Dieu donne bonne aventure au roi Artus, et soyez le bienvenu ! Mais dites-moi votre nom si cela vous agrée.

— Dame, je suis un nouveau chevalier, qui n'a point encore combattu.

À ces mots, la dame baissa tristement la tête. Néanmoins, elle pria le blanc damoisel d'aller se reposer auprès de ses chevaliers, mais elle se retira dans ses chambres, toute dolente et déconfortée.

Or, lorsqu'il fut l'heure de souper et que l'eau fut cornée et les tables mises, les chevaliers de la dame de Nohant vinrent s'asseoir, chacun à sa place ordinaire, et se mirent à manger sans mot dire au blanc damoisel ni s'occuper de lui le moins du monde. Il était resté dans l'embrasure d'une fenêtre, s'entretenant avec ses écuyers et disant que jamais il n'avait rencontré de gens si peu courtois.

— Allez à notre logis, commanda-t-il aux deux valets, préparez à manger en quantité et faites crier par la ville que tous les pauvres et les ménestrels et les faiseurs de tours sont invités à souper.

— Sire, volontiers, mais venez avec nous : nous ne voulons vous laisser seul parmi cette canaille.

Ils sortirent de la salle tous trois sans prendre congé de personne, et, pendant que ses gens achetaient ce qui convenait, le damoisel s'étendit sur son lit. Comme son hôtesse était venue lui tenir compagnie dans ses plus beaux habits, il lui fit donner pour la remercier un surcot et un manteau d'écarlate, fourrés de vair et tout neufs, dont elle fut si ravie qu'elle s'en vêtit aussitôt et appela son mari pour qu'il la vît ainsi faite. Et, quand la nuit fut venue, on alluma tant de luminaire qu'on eût cru que la grange flambait ; puis le damoisel fit asseoir les jongleurs, les danseuses, les bouffons d'un côté de la table et la menue gent de l'autre ; et, vers la fin du repas, les ménestrels commencèrent de chanter, de jouer de leurs violes et les acrobates de faire des tours, en sorte que le bruit et la gaieté se répandirent par la ville. Tous les chevaliers du château vinrent regarder à la porte ; mais le blanc damoisel feignit de ne pas seulement les apercevoir.

La dame de Nohant eut nouvelles de cette fête et, quand elle sut que le champion envoyé par le roi Artus soupait si joyeusement en son logis, elle s'informa et apprit qu'on ne lui avait offert chez elle ni à boire ni à manger et que nul ne l'avait seulement regardé. Alors elle se repentit de ne lui avoir pas fait plus belle chère.

— En nom Dieu, lui dit son sénéchal, ce n'est pas en pleurant qu'on retient les chevaliers étrangers, mais par de belles paroles, des joyaux, des cadeaux ! Fût-il le pire homme du monde, vous deviez l'accueillir à grande joie et le prier de manger à votre table, puisqu'il était envoyé par monseigneur le roi.

— Je vois bien que j'ai fait une folie. Mais je croyais qu'il avait mangé avec mes chevaliers.

— Vous croyiez ? Peut-être est-il de meilleur lignage que vous. Vous n'eussiez rien risqué à le faire asseoir à votre côté.

Alors la dame se mit à pleurer et à gémir comme font les femmes. Mais son sénéchal lui dit encore :

— Maintenant, rien ne sert de pleurer. Allons, et nous lui parlerons.

Sitôt qu'ils entrèrent au logis du chevalier, les jeux s'arrêtèrent, et la menue gent se leva devant eux. Le damoisel fit semblant de ne rien voir ni entendre, mais il regarda ses écuyers en souriant. Alors son hôte, le boucher, à qui il venait de donner une très belle coupe, le tira par sa robe : de manière qu'il se retourna et, feignant de reconnaître seulement la dame de Nohant, lui souhaita la bienvenue, puis la prit par la main et la fit asseoir à côté de lui, ainsi que le sénéchal. Son hôte, qui était serf, voulait se retirer, mais il l'en empêcha, disant que nul ne lui avait fait aussi bel accueil depuis son arrivée à Nohant et que, s'il était encore dans le pays de Logres, il eût demandé au roi Artus de l'affranchir.

— Sire chevalier, dit la dame de Nohant, je l'affranchis pour l'amour de vous. Et je vous prie, en nom Dieu, de ne pas me tenir rancune et de me pardonner la mauvaise chère que je vous ai faite.

— Dame, je suis venu pour l'amour de monseigneur le roi et non pour aucune autre raison. Je ferai ce que je pourrai en son honneur, et je n'ai point de rancune, n'ayant rien à demander à personne, car nul ne me doit rien.

— Sire, dit le sénéchal, madame voudrait que vous vinssiez vous héberger en son hôtel, et elle vous en prie et requiert.

— Sire, merci à vous et à elle, mais je suis bien ici, répondit le blanc damoisel.

Ainsi causaient-ils tous les trois, en écoutant les ménestrels et regardant les danseuses ; puis la dame le recommanda à Dieu et revint avec le sénéchal à son palais, où le blanc, damoisel consentit à s'héberger le lendemain, car il avait le cœur franc et ne gardait point aisément rancune aux dames et à ceux qui amendaient leurs offenses sans félonie.

VIII

Or, la dame de Nohant qui, d'abord qu'elle l'avait vu, l'avait peu estimé, s'était prise pour lui d'amour lorsqu'il l'avait ainsi traitée ; et elle était très belle ; pourtant il n'en fut point touché, car il ne mettait pas toutes les beautés dans son cœur. Le lendemain, au matin, elle l'envoya chercher à grand honneur ; mais, comme il arrivait au palais, voici venir Keu le sénéchal.

— Dame, messire le roi m'a chargé de soutenir votre droit. Il l'eût fait dès le premier jour, si un nouveau chevalier ne l'eût prié de lui en accorder le don.

— Sire Keu, dit le damoisel, c'est à moi de combattre, puisque je suis arrivé le premier.

— Ce ne peut être, dit Keu, puisque je suis venu.

— Nous jouterons donc : le vainqueur fera la bataille.

La dame était embarrassée : elle désirait de confier son droit au blanc damoisel, mais elle savait que le sénéchal était fort aimé du roi, et elle avait grand besoin de son seigneur lige.

— En nom Dieu, s'écria-t-elle, puisque je puis avoir deux champions, vous combattrez tous les deux.

Après manger, le blanc damoisel se leva et vint au mur de la salle où se trouvaient appuyées une quantité de lances. Il en choisit une, la plus grosse et la plus forte qu'il put trouver, en éprouva le fer et le bois, et rogna la hampe de deux grands pieds en présence de tous ceux qui étaient là. Ensuite il alla examiner ses armes avec ses écuyers, regardant bien si rien n'y manquait : ni courroie, ni poignée à son écu, ni maille à son harnois, ni lacet à son heaume. Et tous l'en prisèrent davantage.

Le lendemain, dès que l'aube parut et que le guetteur corna sur le mur, il se leva et la dame le trouva à genoux devant le crucifix ; cela lui plut fort. Pourtant, quand ses deux champions se furent mis en selle, à l'heure dite, dans la lande choisie pour la bataille, et qu'elle vit que le damoisel n'avait pris d'autres armes que l'écu et la lance, elle en fut bien alarmée. Mais il lui déclara qu'il ne pourrait ceindre l'épée qu'après en avoir reçu le commandement de quelqu'un.

— Au moins, souffrez que j'en fasse pendre une à votre arçon, dit-elle. Vous avez affaire à un dangereux homme.

Ainsi fut fait ; puis les quatre champions prirent du champ et, quand le cor sonna, ils chargèrent deux contre deux, aussi vite que leurs chevaux purent aller.

Keu et celui qui s'adressait à lui s'entre-choquèrent si rudement que la tête et le cœur leur tournèrent : tous deux lâchèrent leurs rênes et les poignées de leurs écus, perdirent leurs étriers et roulèrent à terre, où ils demeurèrent étourdis le temps de parcourir un arpent au galop. Cependant le damoisel frappait l'écu de l'autre, et d'une telle force qu'il le lui serra au bras et le bras au corps, et qu'il le fit voler par-dessus la croupe de son destrier, ses rênes rompues à la main. Et sitôt, qu'il eut passé, il revint au sénéchal qui se relevait.

— Prenez mon homme, sire Keu, et me laissez le vôtre !

Mais le sénéchal ne daigna répondre.

Alors le damoisel descendit de son destrier, car jamais il n'eût consenti à charger à cheval un homme à pied : jetant son écu sur sa tête, il envahit comme une tempête le chevalier qu'il avait démonté, et il le peina et le travailla si bien qu'en peu de temps il le força de se rendre à merci : ainsi l'alouette ne peut durer devant l'émerillon.

— Venez çà, sire Keu ! cria t il à nouveau. Voyez où en est celui-ci ! Laissez-moi le vôtre. Je ne me soucie pas de demeurer dans ce champ tout le jour.

— Beau sire, ne vous occupez point de ma bataille ! répondit cette fois Keu courroucé.

Et, ce disant, il haussa son épée et asséna, à son adversaire un coup que la colère poussa de telle sorte, que l'autre s'écroula, faisant du jour la nuit.

Alors le roi de Northumberland, qui voyait que ses hommes n'avaient plus de défense, s'empressa de demander la paix, et la dame vint séparer les combattants. Puis Keu le sénéchal repartit pour la cour, où il conta tout ce qui s'était passé à Nohant, et lorsque la reine sut que le damoisel à la blanche robe avait voulu combattre sans épée, elle en choisit une, très bonne, claire et gravée de lettres, à pommeau d'or, qu'elle lui envoya par un valet. Et sachez qu'il la reçut avec tant de joie qu'il en pensa perdre le sens : il la baisa plus de cent fois, aussi pieusement qu'une relique, et la ceignit à grande dévotion. Et, quand il l'eut, vainement la dame de Nohant fit tout pour le retenir, jusqu'à s'offrir elle-même, avec sa terre : il partit sur-le-champ.

IX

Or, dit le conte, il était midi lorsqu'il parvint à une rivière qui marquait la limite de la terre de Nohant. Comme il faisait grand chaud, il mit pied à terre pour boire ; après quoi, il s'assit au bord de l'eau, à l'ombre d'un arbre, et se prit à rêver.

Tout à coup, un chevalier couvert d'armes noires parut sur l'autre rive, qui poussa son cheval dans le gué et fit jaillir l'eau jusque sur lui.

— Sire, dit le blanc chevalier en se levant, vous m'avez mouillé, et, pis encore, vous m'avez fait perdre le fil de ma songerie.

— Peu me chaut de vous et de votre penser !

Sans répondre, le blanc chevalier enfourcha son destrier et se mit en devoir de franchir le gué, qui était si bon que l'eau ne mouillait pas le ventre du cheval.

— Sire vassal, vous ne passerez pas, dit l'autre. Madame la reine m'a commandé de garder ce gué.

Aussitôt, le blanc chevalier de tourner bride et de regagner la rive. Mais le chevalier noir le joignit et saisit son destrier par le frein.

— Il faut me laisser votre cheval.

— Pourquoi ?

— Parce que vous êtes entré dans le gué.

Déjà le blanc chevalier avait déchaussé l'un de ses étriers, lorsqu'il hésita.

— Est-ce de par la reine, femme du roi Artus, que vous me faites ce commandement ?

— Nenni, mais de par une autre reine dont je ne dois dire le nom.

— En ce cas, ce n'est pas aujourd'hui que vous aurez mon cheval ! Lâchez mon frein.

Ce disant, il le frappa de son poing, qu'il avait dur et carré, tant que l'autre recula. Alors tous deux prirent du champ ; puis ils s'élancèrent l'un sur l'autre droit comme carreaux d'arbalète et se heurtèrent avec le fracas du tonnerre. Le blanc chevalier poussa d'une telle vigueur sa lance, qu'il renversa ensemble le cheval et l'homme, lequel demeura gisant, tout étourdi. Mais, comme il lui délaçait son heaume pour lui couper le cou ou lui faire crier merci, une voix se fit entendre sans qu'on aperçût d'où elle sortait, tellement douloureuse que le ciel en parut trembler.

— Hâte-toi, Urbain, disait-elle, hâte-toi, ou tu as perdu mon amour !

Quand il ouït ces mots, le chevalier du gué fit effort pour se remettre debout et, comme le blanc champion l'en empêchait, une nuée de grands oiseaux, plus noirs que suie, fondit du ciel sur lui et s'efforça de lui crever les yeux sous son heaume : grâce à quoi le vaincu se dégagea et de nouveau courut sus à son vainqueur. Celui-ci se défendait de son mieux : haussant l'épée, il frappa l'un des oiseaux qui s'abattit sous la forme d'une demoiselle tout ensanglantée. Ce que voyant, les autres poussèrent de grands cris de douleur comme font les femmes ; ils prirent la blessée dans leurs serres et disparurent en un instant. Et bientôt le chevalier du gué fut de nouveau outré et réduit à merci.

— Sire, dit-il, sachez que j'ai nom Urbain et que je suis chevalier errant. J'aime une reine, la dame la plus belle qui ait jamais été. Un soir que je la requérais d'amour, elle me dit qu'elle ferait ma volonté si je voulais lui promettre un don, et, quand je l'eus octroyé, elle me commanda de garder ce gué. Si je l'eusse défendu sept ans sans être vaincu, j'eusse été le meilleur chevalier du monde : hélas, il s'en faut de sept jours ! Celle que tu as navrée sous la semblance d'un oiseau était la sœur de ma mie ; ses compagnes l'ont emportée dans l'île d'Avallon. Maintenant je te prie, en nom Dieu, de me donner congé.

Le champion aux blanches armes le lui accorda après lui avoir fait jurer qu'il irait se rendre prisonnier à la reine Guenièvre. Mais Urbain ne s'était pas éloigné d'un arpent, qu'on le vit soudain s'arrêter et regarder en l'air en donnant les signes de la plus grande joie du monde. Dont le blanc chevalier s'émerveilla. Pourtant il se remit en selle, traversa le gué et continua son chemin, suivi de ses écuyers.

$$X$$

Longtemps, ils chevauchèrent sans encombre, puis le ciel devint obscur, le vent se leva, des tourbillons de poussière s'élancèrent autour d'eux, les éclairs percèrent la nue, si pressés qu'on se fût cru au jour du Jugement ; enfin la pluie se mit à tomber, tandis qu'autour d'eux la foudre fracassait les arbres, bref une tempête fit rage, si terrible qu'il n'est aucun homme, pour hardi qu'il soit, qui ne s'en fût effrayé. Maintes fois, le vent les heurta rudement sur l'épaule gauche et les fit virer sur place, malgré qu'ils en eussent ; maintes fois ils furent balayés du chemin. Mais le chevalier aux blanches armes tourna son écu contre l'orage, et ils allèrent ainsi jusqu'au soir, que le ciel s'apaisa. Alors ils gravirent un tertre d'où ils aperçurent un grand feu qui brûlait au loin, à une lieue et demie pour le moins. Et lorsqu'ils l'eurent atteint, après avoir traversé mille fourrés de ronces et d'épines, ils se trouvèrent à l'entrée d'un gros village ; c'était là que flambait le bûcher, qui avait bien dix pas de tour.

Ils eurent bel accueil dans la maison d'un bourgeois où ils s'adressèrent et qui était merveilleusement munie de ce qui convient aux chevaliers errants. Tandis que les valets mettaient les coffres dans la garderobe et les chevaux à l'étable, l'hôte appelait sa fille, et la pucelle emmena le blanc chevalier dans une chambre, où, avec l'aide de sa mère, elle le désarma, lui lava le visage et le cou, et l'essuya avec une blanche serviette bien ouvrée. Puis il revêtit une robe très riche, qu'un de ses écuyers lui apporta ; après quoi la pucelle le prit par la main et le mena dans la salle. Une demoiselle magnifiquement parée y était assise, et, à la lueur des cierges dont, la salle était, illuminée, le chevalier reconnut Saraide, l'une des pucelles de la Dame du Lac.

— Ha, belle douce demoiselle, soyez la bienvenue entre toutes ! Comment va ma bonne Dame ?

— Très bien, répondit-elle.

Et le tirant à part :

— C'est elle qui m'envoie vous dire que demain vous connaîtrez votre nom et celui de votre père et de votre mère. Au-dessus de ce bourg s'élève un fier et orgueilleux château qu'on appelle la Doulou-reuse Garde, parce que nul chevalier errant ne s'y est jamais présenté qui n'y ait été tué ou pris. Et ce feu brûle chaque nuit pour en attirer, car les gens d'ici espèrent qu'enfin viendra celui qui mettra l'aventure à fin et les délivrera. La forteresse a deux murailles, chacune percée d'une porte que défendent dix chevaliers, et, pour réussir, il vous faudra les vaincre tous, et non toujours un à un, car, dès que l'un d'eux se sent las, il en peut appeler quelque autre à la rescousse. Mais ces écus sont vôtres.

Ce disant, elle lui montra trois écus appuyés contre la muraille, tous peints d'argent, l'un à une bande vermeille, l'autre à deux bandes, le der-nier à trois.

— Le premier, continua-t-elle, ajoute la force d'un homme à celle de qui le porte. Le second, la force de deux hommes. Le troisième, à triple bande, celle de trois hommes. Certes, vous en aurez besoin demain. Et souvenez-vous, en tout cas, que vous ne devez apprendre votre nom à personne avant que vos exploits vous aient fait connaître en plusieurs contrées.

Ainsi parla la demoiselle ; après quoi tout le monde s'assit au manger et fut bien servi de ce qui convient au corps. Et, tandis que le blanc che-valier dormait dans un très haut et riche lit, chacun, dans le bourg, pria pour son succès, tant on souhaitait de voir tomber les enchantements et les mauvaises coutumes du château.

XI

Au matin, quand Dieu fit lever le soleil, il se fit armer, et, monté sur un destrier fort et courant, il gravit la butte et parvint devant la porte de la forteresse. Le cor sonna ; un chevalier parut sur la muraille.

— Que demandez-vous ?

— L'ouverture du château.

— Ha, sire, je voudrais que vous fussiez assez preux pour mener cette aventure à bien, car cette douleur n'a que trop duré ! Mais il nous convient de garder notre loyauté et tenir notre serment.

Là-dessus, le pont-levis s'abaissa, et dix chevaliers sortirent un à un par le guichet, chacun suivi de son destrier qu'un écuyer tirait par la bride ; puis, montés à cheval, ils se vinrent en bel arroi, lance sur feutre, ranger au bas du tertre.

Quelle rude bataille pour le blanc chevalier ! Mais, comme dit le proverbe, celui que Dieu veut aider, nul ne lui peut nuire. Les uns, il les heurte si rudement de sa lance qu'ils n'ont besoin de médecin ; les autres, il fausse leurs heaumes, fend leurs écus, rompt leurs hauberts sur les bras et les épaules. Mais eux, ils l'atteignent et le blessent aussi, car, dès que l'un a le dessous, quelque autre se jette à la rescousse, et certes il lui fut utile de porter un haubergeon bien maillé dessous son blanc haubert. Pourtant, grâce aux deux premiers écus à bandes vermeilles qui lui refont deux fois des forces nouvelles, il se bat tant et si rudement qu'enfin ses adversaires ne sont plus que trois. Ce que voyant, l'un s'écrie que, puisque maints autres, et plus preux que lui, ont perdu la vie, il ne se fera pas tuer comme eux : il tend son épée et s'avoue prisonnier ; de même les deux derniers. Et la porte du château s'ouvre à grand fracas.

Il était alors près de none. À grande joie, le chevalier aux blanches armes gravit le tertre. Mais, quand il eut passé le seuil, il découvrit une seconde muraille et une seconde porte devant laquelle dix nouveaux chevaliers se tenaient rangés.

À ce moment, il sentit que Saraide, aidée de ses écuyers, lui délaçait son heaume tout bosselé et fendu, et qu'elle lui en ajustait un autre ; puis qu'elle lui passait au cou la courroie de l'écu à trois bandes.

— Ha, demoiselle, vous me ferez honnir ! lui dit-il. Le second écu était déjà de trop. Voulez-vous que je vainque sans que ma prouesse y soit pour rien ?

Cependant on le hissait sur un destrier frais ; en même temps, un valet lui glissa dans la main une lance grosse, courte et roide, dont le fer tranchait comme rasoir.

— Je veux maintenant vous voir jouter, beau doux ami, dit Saraide, car je sais assez comment vous vous aidez de l'épée. Mais regardez au-dessus de la seconde porte.

Il y avait là une statue de cuivre en forme d'un chevalier tout armé et monté qui tenait en main une hache. Et cette figure était enchantée de telle façon qu'elle devait choir sitôt que le futur conquérant du château jetterait un regard sur elle. Le blanc chevalier lève les yeux : dans le même moment elle tombe et rompt le col à l'un de ceux qui étaient alignés au-dessous d'elle. Sans s'étonner, il baisse sa lance, pique des deux, fond comme une tempête sur les autres et en tue deux coup sur coup. Pris de peur à voir cette prouesse qui leur semblait plus d'un diable que d'un homme, les chevaliers se laissent glisser à bas de leurs destriers et s'efforcent de gagner le guichet. Mais avant qu'ils y soient parvenus, le blanc champion qui s'est jeté sur eux, l'épée nue, en force trois à crier merci. Les cinq derniers s'enfuient. Et la porte s'ouvre devant le vainqueur.

XII

Il vit alors venir à sa rencontre une foule de dames, de demoiselles et de bourgeois, qui menaient la plus grande joie du monde et dont l'un lui annonça que Brandus des Îles, le mauvais seigneur de la Douloureuse Garde, venait de s'enfuir au galop de son cheval.

— Ai-je encore à faire quelque chose pour achever l'aventure ? demanda le blanc chevalier.

Sans répondre, ils le menèrent non loin de là, dans un cimetière. La crête du mur d'enceinte était parsemée d'un grand nombre de heaumes et sous chacun d'eux il y avait une tombe, sur laquelle des lettres disaient : *Ci-gît Un Tel, et voyez sa tête* . Mais il était aussi des tombes que ne surmontait aucun heaume ; on pouvait y lire : *Ci-gira Un Tel* , et c'était le nom de quelque bon chevalier encore vivant en la terre du roi Artus ou ailleurs. Enfin, au milieu du cimetière s'étendait une grande lame de métal, merveilleusement ouvrée d'or, de pierreries et d'émaux, et dessus étaient gravés ces mots en lettres d'azur.

Cette tombe ne sera levée par main d'homme, sinon de celui qui conquerra la Douloureuse Garde.

Brandus des Îles avait souvent tenté par force ou par engin de desceller cette lame, mais il n'avait jamais pu y réussir. Le blanc chevalier déchiffra l'inscription sans peine, car il savait tant de lettres qu'il pouvait très bien comprendre une écriture ; puis il appuya ses deux mains sur un des cotés de la tombe, et la souleva facilement à un pied plus haut que sa tête. Alors il aperçut d'autres lettres qui disaient :

Ci-gira Lancelot du Lac, le fils du roi Ban de Benoïc.

Et aussitôt il laissa retomber la lame, non sans que Saraide, toutefois, qui était à son côté, eût lu en même temps que lui.

En sortant du cimetière, on le mena dans un palais, petit mais très riche, qui avait été celui de Brandus des Îles ; et là, il fut désarmé et ses blessures soignées par de bons mires. Cependant les gens du château soupiraient en songeant qu'il ne resterait peut-être pas quarante jours parmi eux, et qu'ainsi ne tomberaient pas les enchantements qui nuit et jour les tourmentaient, car ils étaient la proie de terreurs mystérieuses et nul d'entre eux ne vivait toute une heure en paix.

XIII

Un valet, frère de l'un des chevaliers de la Table ronde nommé Aiglain des Vaux, avait assisté à la prise de la Douloureuse Garde. Pensant que le roi Artus serait bien aise d'en avoir au plus tôt la nouvelle, il partit entre none et vêpres sur un bon cheval de chasse, et s'en fut battant à Kerléon.

Deux jours plus tard, il se présentait au palais.

— Roi Artus, Dieu te sauve ! Je t'apporte les plus étranges nouvelles qui soient jamais entrées dans ta maison.

— Dites-les donc, bel ami.

— La Douloureuse Garde est conquise : j'ai vu un chevalier passer les deux portes par force d'armes.

— Valet, ne dis point cela ; ce n'est pas vrai.

— Sire, pendez-moi, si je mens.

Là-dessus entra Aiglain qui, voyant son frère à genoux devant le roi, lui dit :

— Beau frère, sois le bienvenu.

— Si c'est votre frère, Aiglain, il faut donc le croire : fin cœur ne peut mentir. Quelles armes portait ce chevalier ?

— Blanches, sire, comme son cheval. Il tue plus d'hommes à lui seul qu'on n'en pourrait enterrer en deux arpents de terre. Que Dieu ne m'aide si fer ou acier peuvent durer contre son épée !

— Ce doit être le nouveau chevalier que j'ai adoubé à la Saint-Jean. Je partirai pour la Douloureuse Garde demain. Dame, dit le roi à la reine, prenez celles de vos demoiselles que vous préférez, car vous viendrez avec moi.

XIV

Quatre jours plus tard, il arrivait au château avec sa compagnie.

— Sire prud'homme, cria-t-il au guetteur, ne nous laisserez-vous entrer ?

— Qui êtes-vous ?

— Je suis le roi Artus.

— Et qui est cette dame-là ?

— C'est la reine.

— Sire, pour vous et pour la reine, je ferai selon mon pouvoir, dit le guetteur.

Et il envoya un valet prévenir le nouveau seigneur du château que le roi Artus était devant la porte.

Le blanc chevalier se hâta de monter à cheval et d'aller à la rencontre du roi. Il se fait ouvrir la porte, il sort, voit la reine, et tout soudain tombe en extase : les yeux fixés sur elle, il fait reculer son cheval jusque sous la voûte sans même s'en apercevoir. Le guetteur, croyant bien faire, laisse aussitôt tomber la herse ; et le blanc chevalier demeure là, hors de sens, à contempler à travers les barreaux celle qui fut toujours la fleur de toutes les dames.

— Sire, s'écrie Keu courroucé, vous agissez comme un vilain !

Mais le blanc chevalier ne l'entend même point. Alors Saraide, la pucelle de la Dame du Lac, le secoue par le pan de son manteau, et tant qu'il revient en son droit sens.

— Sire, demande-t-il à Keu, que dites-vous ?

— Je dis que vous offensez mon seigneur et ma dame de leur fermer la porte au nez, et moi de ne pas seulement me répondre !

À ces mots, le blanc chevalier fut tellement dolent que pour un peu il fût devenu fou. Il tire son épée, crie au guetteur en jurant :

— Ne t'ai-je pas commandé de laisser entrer madame la reine ?

— Sire, jamais vous ne m'en avez parlé.

— Si tu n'étais si vieux, je te couperais la tête ! Ouvre, et ne t'avise plus de clore cette porte.

Ayant dit, il se sauve au galop vers le château.

Cependant le roi, la reine et leur compagnie passaient les deux enceintes et pénétraient dans les cours, où ils virent un étrange spectacle : car toutes les fenêtres étaient garnies de dames, de demoiselles, de chevaliers et autres gens qui pleuraient à chaudes larmes, en silence.

— Maintenant que je suis dedans, dit le roi étonné, je n'en sais pas plus que lorsque j'étais dehors.

— Sire, dit la reine, il n'y a ici que des gens qui souffrent. Espérons que celui qui nous en a tant montré, nous en montrera davantage.

À ce moment, le blanc chevalier traversait la cour sur son cheval, tout armé, le heaume en tête, la lance au poing et l'écu aux trois bandes sur le dos, résolu de s'éloigner à jamais du château. Et, en le voyant partir, tous ceux qui silencieusement pleuraient aux fenêtres se mirent soudain à crier de toutes leurs forces :

— Roi, prenez-le ! Roi, prenez-le !

— Que voulez-vous ? demanda le roi, stupéfait, en s'approchant.

— C'est par lui seul que peuvent être défaits les enchantements du château !

Mais, quand le roi se retourna, le chevalier aux blanches armes était déjà sorti de la Douloureuse Garde et s'éloignait par la sombre forêt, aussi vite que son cheval pouvait galoper.

Cependant, Saraide s'était approchée de la reine.

— Dame, lui dit-elle tout bas, ce chevalier a nom Lancelot du Lac, fils du roi Ban de Benoïc. Souvenez-vous-en.

XV

Or, en voyant le blanc chevalier s'éloigner ainsi du château, Keu le sénéchal s'était fait armer en toute hâte ; enfin, monté sur son destrier, il s'élança sur ses traces. Mais il ne put le rejoindre. Tout le jour il chevaucha, et la nuit le surprit dans la forêt. La pluie s'était mise à tomber, épaisse et drue, et il fut heureux lorsqu'après avoir longuement erré, il arriva près d'une maison forte, bien close de fossés profonds et pleins d'eau, et environnée de gros chênes serrés, où il pensa qu'il pourrait s'héberger et sécher sa robe et ses armes, trempées malgré sa chape de pluie.

Il s'avança jusqu'au bord du fossé, à travers les ronces, et appela si fort, par trois fois, qu'une pucelle parut sur la muraille, qui lui demanda ce qu'il voulait.

— Demoiselle, je suis un chevalier errant, mouillé d'eau comme vous pouvez voir. Je voudrais avoir gîte ici, et plus encore pour mon cheval que pour moi, car il a marché tout le jour, et par un très mauvais temps.

— Sire, tous les chevaliers errants qui veulent être accueillis en cette maison doivent auparavant combattre : telle est la coutume. Et, s'ils sont outrés par le champion qui est céans, ils doivent se rendre en notre prison ; mais, s'ils sont vainqueurs, savez-vous ce qu'ils gagnent ? Non seulement d'être hébergés ici, mais d'avoir ma demoiselle à leur plaisir et d'en faire leur volonté comme de leur bonne amie jusqu'au matin.

— C'est là, fit Keu, une mauvaise coutume.

— Sire, je n'en puis mais. Combattrez-vous ?

Keu répondit qu'il acceptait, pour ce qu'il ne savait à cette heure où aller. Aussitôt le pont s'abaissa, la porte fut lui ouverte, et des valets vinrent l'aider à descendre ; puis la pucelle le prit par la main et le conduisit dans une vaste chambre où brillaient tant de torches, de chandelles et de cierges qu'il semblait vraiment que toutes les étoiles errantes aux cieux y rendissent leur clarté. À peine entré là, un grand et fort chevalier lui courut sus, l'épée à la main ; mais le sénéchal fit tant d'armes qu'il força son adversaire à crier merci. Alors la pucelle vint le prendre par la main, et tandis que les valets emportaient le blessé, elle le désarma et lui passa au col un riche manteau ; enfin elle le mena dans la salle où un bon feu flambait dans la cheminée et où les tables étaient dressées.

Keu vint tout d'abord à la flamme, où il sécha sa robe et se chauffa ; puis il s'assit au souper. À son côté était une demoiselle qui semblait belle, mais qui était si bien enveloppée dans un voile qu'on ne lui voyait guère d'autre peau que celle des paupières. D'ailleurs il avait un grand besoin de manger et de boire, et il lui souvenait plus de sa rude journée que de son droit sur elle.

À la fin du souper, la pucelle qui l'avait accueilli se mit à chanter des chansons nouvelles, en s'accompagnant de la harpe, si doucement que c'était merveille de l'ouïr :

> *Hélas ! le mal d'aimer*
> *M'occit !*
> *Il me fait désirer…*
> *Hélas ! le mal d'aimer*
> *Par un doux regarder*
> *Me prit !*
> *Hélas ! le mal d'aimer*
> *M'occit !*

Mais Keu sentit qu'il se refroidissait pour ce que sa robe n'était pas sèche : alors, il s'assit près de la cheminée, sur la jonchée, le dos et l'épaule tournés au feu, et se chauffa si bien qu'il s'endormit comme celui qui avait souffert tout le jour de la pluie et du vent.

— Belle sœur Aélis, dit alors la pucelle à la harpe à la demoiselle voilée, ce chevalier ne paraît pas désirer beaucoup de prendre ce qu'il a gagné.

— Non, mais nul ne fait d'aussi grandes folies que le sage quand il s'y met. Je vais me coucher, mais n'oubliez pas ce dont nous avons convenu, car autrement vous me laisseriez honnir.

Ainsi parlèrent les deux sœurs et ce fut assez avant dans la nuit que le sénéchal se réveilla. La pucelle à la harpe lui donna à boire, puis elle lui fit traverser deux chambres toutes peintes de bêtes, d'oiseaux et de poissons nageant, et dans la troisième elle lui montra un haut lit.

— Demoiselle, dit Keu en riant, le lit est l'un des plus riches que j'aie vus depuis longtemps, mais tenez-moi la promesse faite, car je ne veux point que l'aventure soit par moi diminuée pour les autres chevaliers errants.

— Sire chevalier, sachez que vous êtes le premier qui ait conquis le gîte et la demoiselle, et l'aventure est désormais achevée. Ceux qui passeront pourront être hébergés ici, mais la dame de céans ne sera plus tenue à rien envers eux.

— J'ai donc fait un plus riche gain encore que je ne pensais !

Là-dessus la pucelle le conduisit dans une autre chambre très bien ornée, où il vit dans un lit la plus blanche et la plus avenante des pucelles, qui paraissait dormir.

— Sire chevalier, que vous en semble ?

Elle le déchaussa, il se coucha, et, la pucelle à la harpe sortie, il prit Aélis dans ses bras, mais elle feignait de sommeiller, ce que voyant il se tint coi et, fatigué comme il était, ne tarda pas à s'endormir lui-même.

Un peu avant le matin, il se réveilla et se rapprocha de sa mie, et elle le laissa faire ; mais, quand il voulut jouer le jeu de maints chevaliers, elle tira secrètement un lien qui mettait en mouvement une sonnette au dehors, et aussitôt quelqu'un sonna du cor dernière la porte, si rudement que la voûte en trembla et que le sénéchal en sursauta et perdit toute la volonté qu'il avait. Un peu plus tard, il se remit pourtant à étreindre sa mie ; mais alors la sonnette à nouveau tinta, et le cor éclata deux fois plus fort, et le sénéchal, plus ébahi encore que devant, demanda à la demoiselle ce que cela signifiait :

— C'est un épouvante-mauvais, dit-elle.

— Épouvante-mauvais ! répète Keu.

Et il a si grand'honte qu'il en transpire et achève de perdre le reste de son vouloir. Là-dessus, la pucelle à la harpe entre dans la chambre :

— Maintenant, beau sire, levez-vous, car il fait jour, dit-elle en ouvrant le volet. Qui trop dort au matin maigre devient.

Et Keu, frappé par la clarté en plein visage, se lève tout dolent et courroucé. Il descend dans la salle où étaient restées ses armes et s'en revêt ; il monte sur son destrier qu'on lui amène ; il s'éloigne sans mot dire derrière la pucelle, car elle veut le remettre dans son chemin.

Elle allait un peu en avant de lui, sur sa mule, et elle devinait bien son penser. Au bout d'un moment, elle se mit, en riant un peu, à chanter la chanson :

Il n'est point jour, savoureuse au corps gent.
Ha, de par Dieu, l'alouette nous ment !

Puis elle se laissa rejoindre et lui dit pour le mettre en paroles :

— Dormez-vous, sire ? Peut-être votre amie vous aura fait veiller plus que vous n'en aviez besoin après une si rude journée ?

Keu vit bien qu'elle se moquait.

— Demoiselle, si je suis raillé, je n'en peux mais, et il en est bien d'autres dans le pays. Toutefois, il y a longtemps que j'ai ouï dire pour la première fois que mieux vaut être, à la fin, trompé que trompeur.

Ainsi devisaient-ils, tout en chevauchant ; enfin, ils approchèrent de la Douloureuse Garde. Quand on aperçut au loin la tour du château, qui était des plus hautes qui aient jamais été, la pucelle prit congé de lui, et il continua son chemin pour revenir auprès du roi. Mais le conte cesse à cet endroit de parler de Keu le sénéchal pour dire ce qui advint à Lance-

lot du Lac lorsqu'il eut quitté la forteresse et qu'il se fut éloigné au galop
à travers la forêt.

42

XVI

Il passa la nuit chez un hermite , et, le lendemain, il en partit avec ses écuyers qui l'avaient rejoint, pensif et assiégé d'amour, et triste d'avoir offensé la dame qu'il aima plus que rien au monde du moment qu'il la vit ; et ainsi chevaucha-t-il tout le jour comme celui qui ne se soucie que d'une chose, à quoi il pense tant et tant qu'il ne voit ni n'entend.

On était à la mi-août, et il faisait grand chaud, en sorte que les mares étaient sèches et boueuses. Au soir, son palefroi fatigué, qui allait à sa guise, mit les pieds de devant dans un bourbier et tomba lourdement. Quand Lancelot eut été relevé par ses écuyers, ses arçons se trouvèrent brisés et lui-même si mal en point qu'il fallut le transporter sur son écu dans un prieuré voisin.

Il y fut reçu à grande pitié et il y demeura trois jours, durant lesquels il fut baigné et médiciné, car il était rudement moulu. Mais, le quatrième, il fit faire avec des branches une litière que ses écuyers couvrirent d'un riche drap de soie, et, le cinquième, il partit. Tant pour n'être pas reconnu qu'afin de ne rien devoir désormais qu'à sa propre prouesse, il voulut laisser l'écu à trois bandes vermeilles que lui avait envoyé la Dame du Lac. Et il en prit un, de sinople et d'argent, qu'il avait envoyé acheter dans une ville voisine.

La litière allait doucement, portée par deux bons palefrois, et le malade dormait profondément, lorsqu'une dame vint à passer, qui chevauchait escortée de vingt fer-vêtus, dessous un dais que soutenaient quatre valets. Sa robe était de soie vermeille, son manteau fourré d'hermine, et, bien que voilée, elle semblait belle à merveille.

— Qu'a donc ce chevalier ? demanda-t-elle.

Ce disant, elle descendit de sa mule, vint à la litière, souleva la couverture et, dès qu'elle eut aperçu le visage du malade, elle se prit à lui baiser les yeux et la bouche en pleurant. Lancelot reconnut la dame de Nohant et tenta aussitôt de cacher son visage.

— Ce n'est pas la peine ! fit-elle tristement.

Et elle le supplia de venir chez elle où il serait mieux soigné qu'en aucun lieu du monde. À quoi, de guerre lasse, il consentit. Ainsi cheminèrent-ils à petites journées, couchant dans deux pavillons très riches que la dame faisait transporter sur ses sommiers et qu'on dressait chaque nuit.

Le lendemain soir, ils passèrent devant la Douloureuse Garde, et la dame comptait de s'héberger jusqu'au matin dans le bourg. Mais, d'abord qu'il aperçut le fort château, Lancelot se mit à pleurer.

— Ha, porte, porte, gémissait-il, pourquoi ne fûtes-vous ouverte à temps !

Alors la dame pensa que ce devait être lui qui avait conquis la forteresse enchantée ; mais elle n'en osa rien dire et commanda de pousser plus outre. À la fin, ils arrivèrent à Nohant. Et la dame soigna là le chevalier malade et lui fit compagnie durant dix jours.

Au bout de ce temps, il se trouva mieux et le repos lui pesa si fort qu'il demanda à son médecin :

— Maître, ne suis-je assez guéri maintenant pour porter les armes ?

— Nenni, fit le mire.

Mais, malgré qu'il en eût, Lancelot commanda à ses gens de trousser ses coffres sur les sommiers et, après avoir pris congé de son hôtesse éplorée, il partit à l'aventure.

XVII

Il erra ainsi jusqu'à l'heure de none, qu'il rencontra un valet galopant à toute bride sur un grand cheval de chasse qui semblait exténué.

— Valet, d'où viens-tu si vite ?

— Madame la reine est en prison à la Douloureuse Garde ! Les gens du château jurent que, quoi que fasse le roi Artus, ils ne la délivreront pas avant que le chevalier qui conquit le château ait défait les enchantements. Aussi madame a-t-elle envoyé des messagers par tous les chemins pour le chercher.

— Bel ami, va tôt dire à la reine que le chevalier qui conquit le château sera ce soir auprès d'elle.

— Mais, sire, je n'oserais m'en retourner sans lui avoir parlé. Est-ce vous ?

— Voire ! mais tu me fais dire une vilenie.

Le valet repartit aussi vite que son cheval put aller. Et Lancelot pressa l'allure de ses gens, si bien qu'il atteignit le château à la nuit.

À peine eut-il franchi la porte avec sa compagnie, on la referma derrière eux. La cour était tout illuminée de cierges ardents et de torches : au plus beau jour d'été il ne fait pas plus clair dans les champs qu'il faisait dans cette cour ; grâce à quoi, Lancelot reconnut l'écuyer qu'il avait rencontré l'après-midi.

— Où est madame la reine ?

— Sire, suivez-moi.

Bientôt, ils se trouvèrent au pied de la roche sur laquelle se dressait le logis. Le valet ouvrit une épaisse grille, et, baillant plein poing de chandelles à celui qu'il conduisait :

— Sire, faites de la lumière, dit-il, durant que je referme l'huis.

Mais, comme Lancelot allumait les chandelles, il tira traîtreusement la porte et l'enferma.

Quand il se vit pris ainsi dans un cachot, le chevalier fut dolent, car il pensait bien qu'il n'en sortirait pas à sa guise. La nuit passa cependant. Au matin, une demoiselle d'un grand âge vint lui parler à travers les barreaux.

— Sire chevalier, vous voyez que vous êtes prisonnier : vous ne serez point délivré avant d'avoir juré que vous ferez tomber les enchantements de ce château.

— Madame la reine est-elle en liberté ?

— Depuis longtemps elle est partie d'ici : ce que l'on vous a dit était pour vous attirer. Mais jurez-vous de mettre les gens de ce château en repos ?

Il en fit le serment sur les reliques qu'on apporta derrière la grille. Alors, on lui ouvrit la porte et on lui servit un repas fort bon, dont il usa d'un cœur hardi, car il n'avait rien mangé depuis la veille au matin. Après quoi, on lui dit qu'il devait, soit demeurer quarante jours dans le château, ou bien aller chercher les clés des enchantements.

— Je les irai quérir, dit-il ; mais hâtez-moi ma besogne, car j'ai affaire ailleurs.

Sur-le-champ, on lui donna ses blanches armes et on le mena dans le cimetière, à l'entrée d'un souterrain. Il se signa ; puis, l'épée nue à la main, l'écu devant la poitrine, il entra.

XVIII

Il marcha vers une grande lueur qu'il apercevait au loin. Tout à coup, il se fit une horrible rumeur ; mais il serra son épée et ne s'arrêta point. Il lui parut que la terre tremblait, que la voûte menaçait de crouler sur sa tête et que tout virait autour de lui ; il s'appuya au mur et continua comme il put d'avancer. Il parvint ainsi à une porte ; sur le seuil, deux hommes d'armes en cuivre, chacun tenant une épée qu'on aurait eu peine à soulever, faisaient des moulinets si serrés qu'une mouche n'eût su passer sans être atteinte. Lancelot mit son écu sur sa tête et s'élança entre eux. Le coup qu'il reçut rompit son bouclier, trancha son haubert à l'épaule, fit couler son sang rouge et le précipita sur les deux mains ; mais il se remit debout, ramassa son épée tombée, se couvrit à nouveau des restes de son écu et, sans jeter un regard en arrière, il continua son chemin.

Bientôt, un puits lui apparut, d'où sortait une affreuse puanteur et la rumeur hideuse qu'on entendait. Et devant le puits il y avait un homme noir, dont les yeux luisaient comme des charbons ardents et dont la bouche vomissait un torrent de flamme bleue. Il tenait une hache qu'il prit à deux mains et leva en voyant le chevalier approcher. Et celui-ci s'arrêta, car le puits seul eût suffi à lui promettre le trépas.

Il remit son épée au fourreau, fit passer son écu dans sa main droite et soudain courut d'une telle force sur l'homme noir, qu'il fût tombé dans le puits s'il l'eût manqué ; mais il le heurta en plein visage de son écu qui en acheva de s'écarteler, et dans le même temps il le prit à la gorge. Sous l'étreinte du poing dur, le noir à demi étouffé laissa choir sa hache. Alors Lancelot le traîna d'une seule main jusqu'au puits, où il le jeta. Puis à nouveau il dégaina.

Mais, à ce moment, il vit devant lui une demoiselle de cuivre richement émaillé, qui tenait dans sa dextre les clés des enchantements. Et auprès d'elle, sur un pilier d'airain, des lettres disaient :

La grosse clef me déferme, la menue déferme le coffre périlleux.

Lancelot ouvrit le pilier, et découvrit un coffret. Trente affreuses et inégales voix en sortaient par trente tuyaux ; c'étaient elles qui causaient les douleurs du château. Après s'être signé au nom du Père, du Fils et du Saint-Esprit, le chevalier mit la clé à la serrure et souleva le couvercle : aussitôt un tourbillon s'échappa du coffre avec un si épouvantable bruit qu'il en tomba pâmé. Et sachez que c'était le braiment des diables qui fuyaient, battant les murs.

Quand Lancelot revint à lui, le puits, le pilier d'airain, la femme et les géants de cuivre avaient disparu ; et, en arrivant à l'issue du souterrain, il ne vit plus à la place du cimetière qu'un beau verger. Tous les habitants par lui délivrés venaient à sa rencontre, plus joyeux qu'on ne saurait dire : s'ils lui firent fête, on le laisse à penser ; et désormais la Douloureuse Garde fut nommée la Joyeuse Garde.

Mais au matin, ayant changé son écu de sinople pour un vieux bouclier décoloré afin de n'être pas reconnu, Lancelot quitta le château, quoi qu'on fit pour le retenir.

XIX

Après avoir erré tout le jour sans trouver d'aventures, il s'hébergea pour la nuit chez une dame veuve qui demeurait au bord de la forêt. De bon matin il se leva et vint à la fenêtre qui ouvrait sur la campagne. La matinée était belle et douce, les bois frémissaient, tout bruissants d'oisillons qui chantaient en leur langage : si bien qu'il eut tout d'abord grande joie, puis il se ressouvint de ses amours et il soupira du tréfonds de son cœur. Son hôtesse lui apprit que le roi et la reine Guenièvre habitaient pour le moment non loin de là, à Camaaloth. Alors il commanda à ses écuyers de l'attendre et, dès l'aube, il chevaucha vers la cité.

Sachez que le roi Artus avait toujours ses châteaux au bord de quelque rivière. Et voici qu'en arrivant à la lisière de la ville, Lancelot vit une maison forte, tout entourée d'eau, et, à une fenêtre, une dame en chemise et surcot qui prenait le frais, en compagnie d'une demoiselle : la pucelle avait ses tresses sur les épaules, mais la dame était enveloppée dans son voile, et elle contemplait les prés et les bois. Il se prit à la considérer avec tant d'attention qu'il n'entendit pas un chevalier qui passait lui demander ce qu'il regardait. Celui-ci répéta sa question en le poussant rudement.

— Sire chevalier, je regarde ce qu'il me plaît, et vous n'êtes point courtois de me jeter ainsi hors de mes pensées.

— Ce sont les diables d'enfer qui vous font ainsi contempler les dames, et vous y semblez plus hardi qu'aux armes ! Suivez-moi, si vous l'osez !

Lancelot piquait des deux derrière lui, lorsque la reine, écartant son voile, révéla son visage : ainsi le soleil dissipe une nuée. Et, voyant soudain ce qu'il aima toujours plus que sa vie, il tomba en extase. Son destrier las, qui avait soif et ne se sentait plus mené, s'approche de l'eau pour s'abreuver ; la berge était haute : le cheval tend le cou, le pied lui manque, il choit dans la rivière profonde : Lancelot demeure les yeux fixés sur la reine. Le cheval perd ses forces, il coule, et déjà l'eau monte aux épaules du chevalier fasciné ; mais toujours il contemple sa dame. « Sainte Marie ! Sainte Marie Dame ! » criaient la reine et la pucelle. Messire Yvain, qui allait à la chasse chaussé de ses gros houseaux, les entendit et accourut au galop : il tira par la bride le destrier sur la rive.

— Beau sire, demanda-t-il, comment êtes-vous en cette rivière ?

— Sire, j'abreuvais mon cheval.

— Vous travailliez assez mal : un peu plus vous y étiez noyé ! Et où allez-vous ?

— Sire, je suivais un chevalier.

Lors, messire Yvain aperçut le vieil écu enfumé que portait celui qu'il venait de secourir : « C'est un pauvre vavasseur », pensa-t-il. Il se contenta de lui montrer le gué et le laissa partir sans plus s'occuper de lui. Et Lancelot s'en fut où son destrier le menait.

Il allait, perdu dans sa rêverie, comme celui qui n'a force ni défense contre amour, qui s'oublie lui-même, qui ne sait plus s'il existe, ni comment il a nom, ni où il va, ni d'où il vient. Daguenet le fol le croisa. C'était un chevalier, mais la plus niaise et la plus couarde pièce de chair qu'on ait jamais vue ; tout le monde se jouait de lui et s'amusait de ses folies, quand il contait qu'il était sorti pour chercher aventures et qu'il avait occis deux ou trois champions.

— Où allez-vous ? demanda le fol.

Et comme le chevalier pensif ne répondait pas, Daguenet saisit son destrier par le frein et il le ramena au château : dont Lancelot rêvant ne s'aperçut point.

Lorsqu'elle sut que Daguenet le fol avait conquis un chevalier, la reine fut bien ébahie ; elle lui fit dire d'amener son prisonnier.

— Voici le champion que j'ai pris ! s'écria fièrement le couard en entrant dans la salle. Tels sont ceux que je sais prendre !

Et il se pavanait, disant à chacun :

— De tels, vous n'en prendrez jamais !

— Daguenet, demanda la reine, par la foi que vous devez à monseigneur le roi et à moi, comment l'avez-vous conquis ?

Or, à la voix de la reine, qui lui parut un chant, le chevalier pensif leva la tête. Sans qu'il s'en aperçût, ses doigts s'ouvrirent ; il lâcha sa lance qu'il tenait par le milieu et dont le fer vint déchirer le manteau de madame Guenièvre.

— Ce chevalier ne me semble pas bien sage, dit-elle tout bas à monseigneur Yvain ; demandez-lui qui il est.

Aux paroles de monseigneur Yvain, Lancelot frissonna comme un homme qui s'éveille.

— Sire, répondit-il, je suis un chevalier.

— Et que cherchez-vous ?

— Sire, je ne sais pas.

— Vous êtes prisonnier.

— Sire, c'est bien fait.

— N'en direz-vous pas plus ?

— Sire, je ne sais que dire.

— Daguenet, fit messire Yvain, le laisserez-vous aller, si je m'offre à vous comme otage ?

Le fol ayant consenti, messire Yvain ramassa la lance de Lancelot et la lui rendit ; puis il lui fit donner un autre cheval ; enfin il le conduisit au gué, qu'il lui montra en lui disant que celui qu'il suivait était parti par là. Et le chevalier pensif s'éloigna.

XX

Cependant la reine, tout ébahie de ce qu'elle avait vu, causait avec ses dames et demoiselles et leur demandait si elles savaient quelle maladie pouvait avoir ce chevalier ; à vrai dire peut-être la soupçonnait-elle.

— Dame, dit une vieille, m'est avis que son cœur est à malaise, car il advient maintes fois que le cœur souffre d'une maladie où nulle médecine mortelle ne peut rien, et seule y convient la médecine de Notre Seigneur, comme aumônes, jeûnes, oraisons, larmes et conseils de religieuses gens. Et il est une autre maladie du cœur : c'est quand il est angoissé de quelque honte qui a été faite au corps ; on se guérit alors en tirant vengeance du forfait, en rendant honte pour honte. Le cœur est la plus franche et la plus nette partie de l'homme, et il prend sur lui toutes les hontes et tous les maux, car le corps n'est que la maison du cœur. Mais maintenant je vous dirai la troisième maladie par laquelle un franc cœur est à la torture : c'est le mal d'amour, quand on ne peut venir à bonne fin. Amour entre par les yeux et les oreilles, et si le cœur est percé par une de ces portes, toujours il lui convient souffrir : car, quand même il entend les douces paroles et jouit de la compagnie de ce qu'il a tant désiré, il craint encore de le perdre. Telles sont les trois maladies du cœur : l'on guérit de la première et de la seconde comme j'ai dit ; mais la troisième est la plus dangereuse parce qu'il arrive que le cœur n'en veuille guérir ; et quand ainsi il préfère son mal à sa santé, on ne sait quel conseil donner.

— Dame, fit une des pucelles, tel fut le mal de monseigneur Tristan et de la reine Iseut. Vous plaît-il d'entendre le lai nouveau qu'on en a fait ?

Et, prenant sa harpe, elle chanta si doucement que toutes se turent pour l'écouter.

Le lai qu'on nomme Chèvrefeuille
Assez me plaît pour que je veuille
Vous en conter la vérité,
Comment fut fait, par qui chanté :
De Tristan et d'Iseut la reine,
De leur tendresse et de leur peine,
De leur douleur, de leur amour
Dont ils moururent en un jour.

Le roi Marc était courroucé,
Contre son neveu irrité :
De son royaume il l'exila
Pour la reine Iseut qu'il aima.
En Galles où il était né
Tristan demeure un an entier.
Le désir de la mort le point ;
Je vous en émerveillez point :
Qui aime bien loyalement
Sans s'amie n'a que tourment.
En Cornouaille il s'en retourne,
Aux lieux où la reine séjourne.
Il ne voulait pas qu'on le vît :
Dedans la forêt il s'est mis.
À la vesprée il en sortait
Quand le temps d'héberger venait ;
Il couchait chez de pauvres gens,
Toujours pensif, toujours dolent…
Un soir, il les ouït parler :
« Tous les barons sont appelés ;
À Tintagel ils vont venir :
Le roi Marc veut sa cour tenir.

Joie et déduit moult y aura,
Et la reine Iseut y sera. »
Le jour que doit passer le roi,
Tristan se hâte par le bois.
Il s'est caché près du chemin
Que suivra la reine, au matin.
D'un coudrier coupe une branche,
Il l'équarrit, l'écorce tranche,
Puis, ayant paré ce bâton,
Il y marque au couteau son nom…
Quand la reine l'apercevra
Le signe elle reconnaîtra.
Il dit que Tristan est venu,
Qu'il a bien longtemps attendu
Pour épier et pour savoir
Comment il la pourrait revoir ;
Qu'il ne saurait vivre sans elle ;
Qu'il en sera de lui et d'elle
Tout ainsi que du chèvrefeuille
Qui noue au coudrier sa feuille.
Lorsqu'autour du bois il s'est mis
Et qu'il s'y est lacé et pris,
Ensemble ils peuvent bien durer ;
Mais, si l'on veut les séparer,
Le coudrier meurt promptement,
Le chèvrefeuille mêmement.
« Belle amie, ainsi est de nous :
Ni vous sans moi, ni moi sans vous ! »
La reine s'en vint chevauchant
Avec une escorte de gens.
Le bâton vit, bien l'aperçut,
Toutes les lettres y connut.
« Je veux descendre et reposer »,
Dit-elle à ses chevaliers.

Du chemin elle s'éloigna ;
Dedans le bois celui trouva
Qu'elle aimait plus que rien vivant.
Ah ! quelle joie ils vont faisant !
Il lui parle tout à loisir ;
Elle lui dit tout son plaisir…
Mais quand il faut se séparer,
Lors, ils commencent de pleurer…

En Galles Tristan s'en ralla :
Son oncle enfin le rappela.
Pour le bonheur qu'il avait eu
Lorsqu'il avait Iseut revu
Et pour les mots remémorer,
Tristan, qui savait bien harper,
Fit un très doux et nouveau lai.
Goatleaf *l'appellent les Anglais.*
Les Français disent Chèvrefeuille.

Mais le conte, à présent, ne parle plus de la reine Guenièvre et de ses dames, et retourne au chevalier pensif qui chevauche aussi vite que son destrier peut aller.

XXI

Il ne tarda pas à rejoindre celui qui l'avait défié, et de son premier coup de lance il le tua. Dont il fut bien dolent ; mais qu'y faire ? Puis il reprit son chemin et bientôt approcha d'une cité qu'on nommait le Puy de Malehaut.

Or, comme il entrait dans la ville, il fut dépassé par deux écuyers, portant l'un le heaume, l'autre l'épée du chevalier qu'il avait occis. Et lorsqu'il voulut sortir par l'autre porte, il la trouva fermée, et tout à coup il fut assailli par plus de cent sergents. Il se défendit de son mieux, mais, son cheval tué, il dut se réfugier sur les degrés d'une maison. Là, il fut durement attaqué et déjà ses ennemis l'avaient fait tomber sur les genoux deux ou trois fois, lorsque la dame de la ville survint, qui le requit de se rendre à merci.

— Dame, demanda-t-il, en quoi ai-je méfait ?

— Vous avez tué le fils de mon sénéchal. Mais rendez-vous à moi.

Il lui tendit son épée. Et le conte se tait pour un temps de monseigneur Lancelot.

<h1 style="text-align:center">XXII</h1>

Or, un jour il vint nouvelles au roi Artus de Galehaut, le fils de la belle géante, seigneur des Îles lointaines, qui avait envahi les marches de Galore. Le roi demanda quel était ce Galehaut, et on lui dit que c'était un très grand et fort chevalier de la lignée des géants, mais qu'il n'avait pas accoutumé, comme ceux de sa nature et ses ancêtres, de boire à se saouler chaque nuit : au contraire, il était le plus prud'homme et le plus modéré en toutes choses, courtois, preux, sage, bien disant, plein de largesse ; et il s'était promis de guerroyer jusqu'à ce qu'il eût conquis trente royaumes.

— Bel ami, dit le roi Artus au messager, faites savoir à ceux des marches que je partirai cette nuit pour les défendre.

— Sire, dit messire Gauvain, vous ne devez point ainsi vous mettre en aventure : Galehaut a toute une armée, et vous êtes ici fort privément.

— À Dieu ne plaise, répondit le roi, qu'on envahisse ma terre et que je demeure en repos !

Il partit dès le lendemain et chevaucha tant qu'il parvint au château de Galore. Galehaut campait devant la forteresse avec son armée qu'il avait retranchée derrière des réseaux de fils de fer, et il avait amené, outre ses chevaliers, une grande quantité de gens de pied, armés d'arcs et de flèches venimeuses. Mais, quand il apprit que le roi Artus était venu avec si peu de monde, il songea qu'il n'y aurait pas d'honneur à guerroyer contre un adversaire si faible et à conquérir une terre si pauvrement défendue. Aussi manda-t-il au roi qu'il lui ferait trêve pendant un an pour lui permettre de réunir toutes ses forces : après quoi leurs chevaliers s'assembleraient en un grand tournoi. Le roi Artus s'émerveilla d'une telle courtoisie, et il envoya des messagers dans toutes les parties du royaume de Logres.

Le lendemain soir, on vit arriver à Galore un homme grand et vigoureux, les épaules larges, les poings maigres et veineux, les cheveux rudes, les yeux gros et brillants, l'allure fière et le visage plein de cicatrices, comme le corps en maints lieux qui ne se voyaient point. C'était un ancien chevalier, nommé Nascien, cousin germain par sa mère de Perceval le Gallois dont le conte devisera tout à loisir plus avant, descendant du lignage de Joseph d'Arimathie dont les dix-sept fils illustrèrent la terre de Bretagne, et parent du roi Pellès le riche Pêcheur. Et il avait été l'un des meilleurs chevaliers du monde au temps du roi Uter Pendragon et de la jeunesse du roi Artus. Puis, ayant laissé la chevalerie, il s'était fait hermite , et Notre Sire avait mis tant de grâce en lui qu'il devint prêtre chantant messe, et qu'il demeura vierge et chaste tant qu'il vécut.

Quand le roi apprit son arrivée, il en fut très réconforté, et ce lui fut avis que Dieu lui envoyait secours. Il vint à la rencontre de Nascien ; mais le prud'homme lui dit sans lui rendre son salut :

— Je n'ai cure de ton salut, et je ne l'aime pas, car tu es le plus vieux pécheur de tous les pécheurs. Tu dois savoir que c'est de Notre Sauveur lui-même que tu tiens ta seigneurie, et il te la bailla pour que tu lui en susses bon gré. Pourtant, tu ne laisses pas venir à toi le pauvre et le faible, et le droit des veuves et des orphelins dépérit, tandis que tu honores les riches et les déloyaux.

— Beau doux maître, dit le roi, si j'ai méfait, conseillez-moi.

— Tu dédaignes les bas gentilshommes de ta terre, et pourtant le royaume ne peut être maintenu si les petites gens ne s'y accordent : aussi ceux-là, quand ils viennent à ton aide, c'est par force : mais ils ne te sont pas plus utiles que s'ils étaient morts, car tu n'as pas leur cœur, et corps sans cœur n'a nul pouvoir.

— Ha ! maître, pour Dieu, apprenez-moi comment je pourrai être secouru, si c'est possible.

— Je t'apprendrai à guérir cœur malade et cœur désespéré, et c'est une très belle médecine, car le cœur d'un homme vaut tout l'or d'un pays. Et voici comment tu feras :

« Dès que tu le pourras, tu t'en iras visiter tes bonnes villes et rendre justice à chacun selon son droit. Et tu manderas à toi les plus humbles chevaliers comme les hauts hommes ; et quand on te montrera quelque prud'homme qui n'aura d'autre bien que sa prouesse et qui se dissimulera entre les autres pauvres, tu te lèveras et tu iras t'asseoir auprès de lui et tu t'enquerras de lui. Et chacun dira : « Avez-vous vu comment le roi a quitté tous les riches pour ce modeste chevalier ? » Ainsi tu gagneras le cœur des basses gens ; et si les fols te le reprochent, peu t'en chaille ! Puis tu choisiras un de tes chevaux, sur lequel tu monteras ; tu iras vers ce pauvre chevalier, et, après avoir mis pied à terre, tu lui placeras la bride dans la main, en lui disant qu'il chevauche à l'avenir ce destrier pour l'amour de toi ; enfin tu lui feras largesse de tes deniers.

« Aux vavasseurs tu donneras aussi, mais autrement, car ils sont aisés dans leurs maisons. Tu leur donneras des rentes, des terres, des robes, des palefrois ; et prends garde d'avoir toujours monté auparavant les chevaux dont tu leur feras présent : car ainsi ils diront qu'ils ont le palefroi que tu chevauchas.

« Aux hauts hommes, aux rois, aux ducs, aux comtes et aux barons, tu donneras ensuite des vaisselles précieuses, des beaux joyaux, des draps de soie, des bons faucons, des destriers ; et tu t'appliqueras moins à leur faire de riches cadeaux que d'agréables, car on ne doit donner à personne des choses dont elle a déjà plus que sa suffisance.

« Ainsi feras-tu largesse à chacun selon son rang, et crois que ces présents te gagneront les cœurs, et que tes terres seront bien gardées. Tu ne peux rien que par tes hommes, car tu n'es qu'un homme toi-même, et tu dois mieux aimer qu'ils tiennent en fief une partie de ta terre que de la perdre honteusement. Et ce que tu feras pour eux, il conviendra que la reine le fasse pour les dames et les demoiselles. Et prends garde de donner en montrant bon visage, car on n'a nul gré d'un présent fait en rechignant.

— Certes, beau maître, je ferai ce que vous m'avez commandé.

— Maintenant, mande les plus hauts et sages clercs qui soient ici, et confesse-leur tous les péchés que tu découvriras en toi ; et prends garde que la confession n'est valable que si le cœur se repent de ce que la langue avoue. Et ne manque pas de leur dire le grand péché que tu fis en ne secourant point ton homme lige, le roi Ban de Benoïc, qui est mort pour ton service, et qui a vu prendre son dernier château par le roi Claudas de la Terre Déserte sans avoir aucune aide de toi ; et je ne parle pas du petit Lancelot, son fils, qui, encore au maillot, fut enlevé jadis par un diable sous la semblance d'une demoiselle, ni de sa femme qui s'est faite nonne voilée pour ce qu'elle fut trop déconfortée de perdre le même jour son seigneur et son enfant.

Alors le roi songea que d'avoir laissé mourir ainsi son vassal le roi Ban qui venait lui demander aide, c'était la plus grande honte qu'il eût connue depuis son couronnement. Aussi appela-t-il dans sa chapelle ses archevêques et ses évêques et il se présenta devant eux tout nu, en braies, tenant une poignée de menues verges qu'il jeta à leurs pieds en versant des larmes et en les priant de tirer de lui la vengeance de Dieu. Ils l'écoutèrent à grande pitié, et ils lui donnèrent absolution et pénitence. Mais le conte laisse ce propos pour retourner à la dame de Malehaut et à Lancelot du Lac, son prisonnier.

XXIII

Elle était bonne dame, sage et fort prisée de tous ceux qui la connaissaient. Les gens de sa terre l'aimaient tant que, lorsqu'on leur demandait comment était leur dame, ils répondaient qu'elle était l'émeraude de toutes les autres. Et elle avait fait au chevalier qui s'était rendu à elle une assez douce prison, car elle l'avait enfermé dans une geôle dont les deux fenêtres closes de grilles donnaient sur la salle de son logis, si bien qu'elle lui pouvait parler quand elle voulait, et lui à elle.

C'est ainsi qu'il vit et entendit un jour les envoyés du roi Artus faire à la dame leur message. Et dès qu'ils furent sortis, il la pria de s'approcher de la geôle :

— Dame, j'ai ouï dire que le roi Artus est en ce pays. Je suis un pauvre chevalier ; mais je connais des gens de sa maison qui pourraient m'aider à payer ma rançon.

— Beau sire, je ne vous tiens point par convoitise d'une rançon, mais par justice, car vous m'avez fait un très grand outrage.

— Dame, je ne le puis nier ; mais j'y ai été contraint pour défendre mon honneur. Et si vous vouliez me laisser sortir, vous feriez bien, car j'ai entendu qu'il y aura bataille entre le roi Artus et Galehaut, le fils de la géante, et je vous promettrais sur ma foi de rentrer la nuit en votre prison, sauf mort ou blessure qui empêchât mon corps.

— Je le ferai, si vous me dites votre nom.

— Dame, je ne le puis ; mais je jurerai de vous l'apprendre dès que cela me sera permis.

Ainsi fut-il convenu. Et lorsque le moment fut venu, la dame de Malehaut donna à Lancelot un cheval, avec un écu et des armes vermeilles.

En cet équipage il se rendit à l'armée du roi Artus, qui n'était qu'à deux lieues galloises du Puy de Malehaut.

XXIV

Or, en arrivant, il vit les chevaliers des deux parts de la rivière, prêts à combattre, et il s'arrêta sur le bord du gué entre les deux armées. Il y avait là une loge que le roi Artus avait fait dresser pour que la reine, les dames et les demoiselles pussent voir le tournoi, et où le roi s'assit lui-même, car il avait été convenu que ni lui, ni Galehaut ne prendraient part à la bataille. Lancelot s'appuya sur sa lance et demeura, immobile sur son cheval, à contempler cette loge, comme celui qui s'est oublié lui-même.

Cependant le premier des rois conquis par Galehaut, celui qui lui avait rendu hommage le plus anciennement, s'était détaché de l'armée ennemie pour donner le premier coup de lance, et, l'écu devant la poitrine, il avançait vers le gué. À cette vue, les hérauts et les crieurs d'armes du roi Artus commencèrent de clamer :

— Leurs chevaliers viennent !... Voyez-les !... Le roi Premier Conquis approche !

Et s'adressant à Lancelot qui rêvait toujours, les yeux sur la loge où était la reine :

— Sire chevalier, voyez un des leurs venir !... Qu'attendez-vous ?... Il vient !

Mais ils eurent beau lui répéter cela cent fois, il ne répondit mot, car il ne les entendit point, et à la fin l'un d'eux put s'approcher et lui enlever son écu sans qu'il s'en aperçût seulement. Alors un garçon ramassa au bord de l'eau une motte de terre humide et la lui lança de toutes ses forces sur le nasal du heaume, en criant :

— Mauvais failli, à quoi songez-vous ?

L'eau boueuse lui piqua les yeux : alors Lancelot revint à lui. Il vit le roi Premier Conquis approcher : aussitôt il brocha des éperons, baissa sa lance, et, sans écu comme il était, lui courut sus. Le roi le frappa en pleine poitrine, mais son haubert, qui était fort, ne céda pas, et il renversa à la fois l'homme et le cheval. Aussitôt le héraut qui lui avait pris l'écu courut le lui repasser au col. Mais Lancelot, sans daigner seulement le regarder, s'apprêta à faire front aux gens du Premier Conquis qui s'élançaient à la rescousse de leur seigneur. Les hommes du roi Artus accouraient à leur tour : ils les accueillirent sur le fer de leurs lances ; et ainsi commença la dure mêlée.

Messire Gauvain fit là mille exploits, mais il reçut tant de coups que le sang lui sortait par la bouche et le nez, et qu'à la fin, étant tombé de son cheval, il fallut l'emporter tout pâmé. Des deux parts, la prouesse fut merveilleuse ; mais par-dessus tous se distingua le chevalier aux armes vermeilles, car il abattit tous ceux qu'il rencontra. Pourtant, quand la nuit tomba, il disparut, et personne ne put apprendre ce qu'il était devenu.

XXV

Il était retourné à Malehaut tout droit. Là, s'étant fait désarmer, il rentra dans sa geôle où il se coucha, si dolent qu'il ne put rien manger. Peu après lui revinrent les chevaliers que la dame de Malehaut avait envoyés au combat. Ils contèrent les prouesses du champion aux armes vermeilles, et elle songea que ce pouvait bien être son prisonnier ; aussi, elle appela sa cousine germaine et lui dit tout bas :

— Si c'est lui, ce grand vainqueur, nous le verrons bien à son corps et à ses armes.

— Dame, c'est facile.

— Certes, mais gardez, si vous tenez à vos membres, que personne ne sache ce que je vais faire, hors nous deux.

Elle se débarrassa de ses gens et de ses demoiselles le plus tôt qu'elle put ; puis, faisant prendre à la pucelle plein poing de chandelles, toutes deux furent à l'étable. Là, elles virent que le cheval du prisonnier était couvert de plaies à la tête, au cou, à la poitrine, aux jambes : il était en si mauvais point qu'il ne voulait pas seulement manger.

— Dieu m'aide ! s'écria la dame, vous semblez bien le cheval d'un prud'homme !

— Dame, dit la pucelle, m'est avis que ce destrier a eu plus de peine que de repos. Et pourtant ce n'est point celui qu'avait votre chevalier quand il partit.

— C'est qu'il en a usé plus d'un. Mais allons regarder ses armes.

Toutes deux furent à la chambre où on les avait rangées : et elles trouvèrent le haubert faussé et coupé sur les épaules et sur les bras, l'écu tout écartelé de coups d'épée et troué de coups de lance, le heaume fendu et décerclé. Enfin elles vinrent à la geôle, et par la porte qui était restée entr'ouverte la dame de Malehaut passa la tête sans bruit.

Lancelot gisait dans son lit. Il avait tiré la couverture dessus sa poitrine, mais, à cause de la chaleur, ses bras étaient dehors, et il dormait profondément. La dame aperçut qu'il avait le visage enflé et tuméfié, le nez et les sourcils écorchés, le col meurtri par les mailles du haubert, les épaules tailladées, les bras tout bleus des coups qu'ils avaient reçus, les poings gros et pleins de sang.

Alors elle se tourna vers sa cousine en souriant, et prenant les chandelles :

— Regardez, fit-elle, et vous verrez merveilles !

Puis, tandis que la pucelle passait la tête et examinait curieusement le blessé, elle entra tout doucement dans la geôle et fit un pas vers le lit en murmurant :

— Je serais bien aise de lui donner un baiser !

— Ha, dame, qu'avez-vous dit ! s'écria la pucelle à voix basse. Ne le faites pas, car s'il s'éveillait, il en priserait moins et vous et toutes les femmes. Ne soyez pas si folle qu'ensuite vous ayez bonté !

— Dieu m'aide ! Comment pourrait-on avoir honte de ce que l'on aurait fait pour un si prud'homme ?

— Et s'il refusait ? Le plus preux de corps n'a pas toujours toutes les bontés du cœur.

La pucelle en dit tant qu'elle détourna sa cousine de rien tenter, et toutes deux revinrent dans les chambres, où la dame commença de parler de son prisonnier, s'émerveillant qu'il eût fait tant d'armes :

— Ce doit être qu'il aime d'amour en très haut lieu, disait-elle.

La pucelle s'efforçait de changer de propos, car elle devinait bien le cœur de sa cousine ; mais elle ne put y réussir. Et toutes deux passèrent la nuit à causer ainsi.

XXVI

Le lendemain, à l'aube, la dame de Malehaut se fit amener le prisonnier. Quand il fut devant elle, il se voulut asseoir à ses pieds ; mais elle lui fit prendre place à ses côtés, et elle lui dit :

— Sire chevalier, je vous ai tenu en très douce prison et vous devez m'en savoir gré. Je vous prie encore une fois de me dire qui vous êtes et ce que vous vous proposez ; et si vous désirez que cela reste secret, assurez-vous que personne n'en saura rien.

— Dame, me dussiez-vous couper la tête, je ne le dirais point.

— Eh bien, apprenez-moi quelle est la dame que vous aimez d'amour, ou vous ne sortirez jamais de ma prison, ni par rançon, ni par prière.

— Dame, vous ne le saurez point, car je ne vous répondrai pour rien au monde.

Elle feignit d'être fort courroucée (mais ce n'était qu'un faux semblant), et parlant comme une femme irritée :

— Dites-moi donc si vous pensez faire autant d'armes que vous en fîtes hier, ou bien je ne vous laisserai jamais aller.

— Dame, répondit-il en pleurant, je vois bien qu'il me faut acquitter une honteuse rançon si je veux sortir de cette geôle. Puisque vous l'exigez, je vous avouerai que, si cela m'est commandé, je pense faire aujourd'hui plus d'armes que je n'en fis jamais.

— C'est assez.

Elle fit préparer des armes noires, un destrier noir, une cotte d'armes noire, une armure noire pour le cheval. Et Lancelot partit, obscur comme la nuit.

XXVII

Quand il arriva, la bataille était, déjà engagée et le pré tout couvert de champions qui joutaient deux à deux. Mais il demeura comme la veille sur le bord du gué, appuyé sur sa lance, à contempler la loge de la reine.

Le roi était auprès d'elle, ainsi que messire Gauvain, qui s'était fait transporter là, trop blessé pour combattre. La dame de Malehaut ne tarda pas d'arriver à son tour et elle reconnut, aussitôt, son prisonnier.

— Dieu ! dit-elle à haute voix, quel peut être ce chevalier pensif que j'aperçois au bord de la rivière ? Il ne nuit ni n'aide à personne.

Tous et toutes se mirent à regarder l'inconnu.

— Hier, dit la reine, un chevalier rêvait ainsi au bord de l'eau, mais il portait des armes vermeilles.

— Dame, lui dit la dame de Malehaut, ne vous plairait-il de mander à celui-ci qu'il combatte pour l'amour de vous ?

— Belle dame, j'ai autre chose à penser, quand messire le roi est en aventure de perdre sa terre et son honneur, et que mon neveu Gauvain gît blessé comme vous pouvez voir. Mais mandez-lui, vous-même et ces autres dames, tout ce que vous voudrez.

Alors la dame de Malehaut appela une pucelle.

— Allez à ce chevalier qui rêve là-bas, et dites-lui que toutes les dames de la maison du roi Artus, fors madame la reine, le prient de combattre pour l'amour d'elles.

— Et présentez-lui ces deux lances de ma part, ajouta messire Gauvain en s'adressant à l'un de ses écuyers.

Lancelot écouta le message et accepta les armes ; puis, ayant ajusté ses étrivières, il piqua des deux vers la prairie.

Dédaignant les jeunes chevaliers qui galopaient çà et là, il plonge au milieu d'un groupe de gens d'armes, renverse du premier coup celui à qui il s'adresse, et, sa lance brisée, frappe des tronçons tant qu'ils durent ; puis il va prendre la seconde lance que lui apportait l'écuyer et joute avec toute l'adresse possible jusqu'à ce que son arme soit en morceaux ; et il use de même la troisième lance, la sienne. Mais, après cela, il retourne au bord de la rivière, s'arrête au lieu même d'où il était parti, et, tournant son visage vers la tribune, il se reprend à rêver.

— Dame, dit à la reine messire Gauvain, vous avez mal fait quand vous ne voulûtes être nommée au message qui fut envoyé à ce chevalier pensif : peut-être en a-t-il été offensé. Mandez-lui votre salut et que vous lui criez merci pour le royaume de Logres et l'honneur de monseigneur le roi, et qu'il combatte pour l'amour de vous, et que, si vous lui pouvez procurer honneur et joie, vous le ferez ensuite selon votre pouvoir. Je lui enverrai, pour ma part, dix bonnes lances et mes trois plus beaux chevaux couverts de mes armes. S'il veut, il emploiera bien tout cela.

— Beau neveu, mandez en mon nom ce qu'il vous plaira.

Messire Gauvain fit faire le message, et quand il l'eut reçu, Lancelot dit aux écuyers de le suivre, choisit la plus forte des lances et s'en fut à l'endroit où les gens du roi Ydier de Cornouailles combattaient ceux du roi Baudemagu de Gorre. Là, il laissa courre et commença de faire voler tout ce qu'il heurtait, abattant hommes et chevaux à la fois, arrachant les heaumes, trouant les écus et accomplissant tant d'exploits que Keu le sénéchal, Giflet fils de Dô, Yvain l'avoutre, Dodinel le Sauvage et Gaheriet le frère de monseigneur Gauvain, tous de la Table ronde, qui arrivaient à la rescousse, heaumes lacés, lances sur feutre, prêts à bien faire, n'en pouvaient croire leurs yeux.

Lorsque son premier destrier eut été tué sous lui, Lancelot sauta sur celui qu'un des écuyers lui présentait, l'étreignit rudement et replongea dans la mêlée, aussi frais que s'il n'eût pas encore mis l'épée à la main.

Or le cheval était couvert des armes de monseigneur Gauvain : les compagnons de la Table Ronde et tous les gens du roi Artus en furent ébahis. Mais bien plus ceux de Galehaut, car aucun d'eux ne pouvait endurer les coups de Lancelot, et il passait au travers de leurs rangs droit comme carreau d'arbalète.

Cependant Keu appelait l'écuyer qui avait amené le destrier.

— Va tôt à Hervé de Rinel, lui dit-il, que tu vois là-bas, auprès de cette bannière mi-partie d'or et de sinople. Tu lui diras qu'il y a bien raison de se plaindre de lui, qui laisse ainsi mourir sans secours le meilleur chevalier qui ait jamais porté écu au col, et avec lui la fleur des compagnons du roi Artus. Certes, il en sera tenu pour mauvais jusqu'à sa mort.

— Dieu m'aide ! s'écria Hervé courroucé quand l'écuyer lui eut répété ces paroles, je suis trop vieux pour commencer de trahir à cette heure. Va devant et dis au sénéchal qu'il ne me tiendra pas pour traître.

Quand il sut la réponse de Hervé, Keu se prit à rire ; puis il demanda à l'écuyer quel était ce chevalier noir et pourquoi messire Gauvain lui envoyait ses destriers ; mais le valet répondit qu'il n'en savait rien, et le sénéchal, remettant son heaume qu'il avait ôté, retourna au combat.

Hervé fit ce jour-là plus d'armes qu'il ne convenait à son âge, car il avait quatre-vingts ans passés, et ses gens clamèrent si fort en courant à la rescousse, que le cri de « Hervé ! » domina un moment tous les bruits de la bataille ; messire Gauvain ne put s'empêcher d'en rire, tout malade qu'il fût. Galehaut étonné de voir ses hommes reculer, car ils étaient plus nombreux d'un quart que ceux du roi Artus, se porta en personne de ce côté, et il aperçut le noir chevalier, dont le troisième destrier venait d'être tué, entouré d'une telle presse que les siens ne pouvaient l'approcher pour le remonter ; mais il frappait à droite et à gauche si rapidement que son épée sifflait autour de lui. Émerveillé d'une telle prouesse, Galehaut résolut de ne plus le perdre de vue, et il le suivit des yeux jusqu'à la fin du jour.

XXVIII

Quand le crépuscule tomba, les combattants commencèrent de se séparer et, les uns après les autres, les chevaliers s'en furent vers leurs logis.

Lancelot partit à son tour, aussi secrètement qu'il put. Mais Galehaut, qui le guettait, le poursuivit et le joignit derrière la colline.

— Dieu vous bénisse, sire ! lui dit-il.

L'autre ne lui rendit son salut qu'à grand'peine.

— Sire, qui êtes-vous ?

— Je suis Galehaut, le fils de la géante, sire de tous ces gens contre lesquels vous avez défendu aujourd'hui le royaume de Logres, et je vous prie de venir loger cette nuit chez moi.

— Comment ! vous êtes l'ennemi du roi Artus et vous osez me prier de cela !

— Ha, sire, je ferais tout pour héberger le meilleur chevalier du monde !

Lancelot s'arrêta, regarda Galehaut, et dit :

— Sire, vous passez pour un prud'homme, et il ne serait pas à votre honneur de promettre ce que vous ne pourriez tenir.

— Sire, je tiendrai ma promesse comme un loyal chevalier.

— M'accorderez-vous le don que je vous demanderai, quel qu'il soit ?

Solennellement Galehaut en fit le serment. Alors Lancelot l'accompagna.

XXIX

Gauvain l'avait suivi des yeux, tandis qu'il s'éloignait vers la colline. Quelle ne fut pas sa douleur quand il le vit revenir, le bras droit de Galehaut passé au cou ! Il en eut un tel chagrin qu'il pâma par trois fois.

— Regardez quel trésor vous avez perdu, dit-il au roi Artus. Celui-ci vous ôtera votre terre, qui aujourd'hui vous l'a garantie !

Cependant Galehaut menait Lancelot à sa tente, où, après l'avoir fait désarmer, il lui donna une robe très belle. Puis, quand ils eurent mangé, il fit faire dans sa propre chambre quatre lits dont un plus haut et plus large que les autres et orné de toutes les richesses qui peuvent être mises à un lit ; et c'est là que Lancelot dormit, tandis que trois sergents couchaient, pour l'honorer, dans les autres.

Au matin, il entendit la messe avec Galehaut, puis en revenant il lui rappela le don promis.

— Beau doux ami, dit le fils de la géante, vous ne me sauriez rien demander que je ne vous dusse octroyer.

— Sire, je vous requiers d'aller crier merci au roi Artus et de vous remettre en ses mains.

Galehaut fut bien ébahi ; mais il répondit :

— Las ! j'ai tant couru qu'il n'est plus temps de retourner !

Vêtu de sa meilleure robe, il se rendit à cheval, suivi de ses rois, de ses ducs et de ses comtes, vers la tente du roi Artus ; et, du plus loin qu'il vit le roi, il descendit, mit le genou en terre et joignit les mains :

— Sire, dit-il, je viens vous faire droit. Je me repens de vous avoir méfait et me remets à votre merci.

En entendant cela, le roi tendit de joie les bras vers le ciel, et s'empressa de faire lever Galehaut et de l'accoler. Après quoi, il n'est amitié que tous deux ne s'entrefirent, et, le soir, ils couchèrent dans la même tente.

Au matin, Galehaut revint à son pavillon pour avoir des nouvelles de son compagnon. Les sergents lui dirent que toute la nuit le noir chevalier avait pleuré à la dérobée, répétant :

— Hélas ! chétif que je suis, que faire !

Et, en effet, Galehaut vit qu'il avait les yeux rouges et la voix enrouée, et que les draps de son lit étaient tout mouillés de larmes. Alors il le prit par la main et, l'emmenant à l'écart, il lui demanda très doucement :

— Beau compagnon, d'où vient ce deuil que vous avez mené toute la nuit ?

Mais Lancelot lui répondit que souvent il se plaignait en dormant. Et, tandis qu'ils se rendaient tous deux à la messe, Galehaut eut beau insister autant qu'il put, l'autre ne lui voulut rien dire de plus.

Pourtant, au moment où le prêtre faisait trois parties du corps de Notre Seigneur Dieu, le fils de la géante prit à nouveau la main de son compagnon.

— Croyez-vous, dit-il, que ce soit là le corps du Sauveur ?

— Certes, je le crois bien.

— Beau doux ami, par ce corps que vous voyez en semblance de pain, je ne ferai de ma vie rien qui vous peine.

— Grand merci, sire. Vous n'avez déjà que trop fait pour moi. Je vous demande seulement de ne dire à personne où je suis.

— Soyez donc assuré que ce n'est point de moi qu'on le saura.

XXX

Après le dîner, Galehaut retourna chez le roi Artus. Là, messire Gauvain, que ses blessures tenaient au lit, lui demanda qui avait fait la paix entre lui et le roi, et il répondit que c'était un chevalier.

— N'est-ce pas le chevalier aux armes noires ? demanda la reine.

— Oui.

— Et quel est son nom ?

— Dame, je ne sais.

— Comment ! fit le roi, vous ne le connaissez pas ? Il n'est point de ma terre, car il ne s'y trouve pas un preux dont je ne sache le nom. Et pour avoir la compagnie de celui-là, je donnerais la moitié de tout ce que je possède, hormis le corps de cette dame, dont je ne ferais part à personne.

— Moi, dit messire Gauvain, je voudrais être la plus belle demoiselle du monde pour que le chevalier aux armes noires m'aimât toute sa vie.

— Et vous, dame, demanda Galehaut à la reine, que donneriez-vous pour qu'un tel chevalier fût toujours à votre service ?

— Par Dieu, Gauvain a offert tout ce qu'une dame peut offrir !

En entendant cela, ils se mirent à rire, et la reine se leva pour se retirer. Elle pria Galehaut de la reconduire et, quand ils furent un peu à l'écart, elle lui dit vivement :

— Galehaut, je vous aime beaucoup et je ferais pour vous plus que vous ne pensez. Certainement, vous avez le chevalier noir chez vous ; et il se pourrait que je le connusse déjà. Si vous avez quelque amitié pour moi, faites que je le voie !

— Dame, il n'est point mon homme lige.

— C'est, le chevalier que je voudrais le plus connaître… Et qui ne voudrait connaître un si prud'homme ? Il ne se peut que vous ne sachiez où il est. Ne me le voulez-vous dire ?

— Dame, je pense qu'il est en mon pays.

— Ha, beau doux ami, envoyez-le quérir ! Qu'on chevauche jour et nuit !

Là-dessus, Galehaut la quitta et vint conter à son compagnon tout ce qu'on avait, dit de lui ; puis il lui demanda ce qu'il devait répondre à la reine.

— Que sais-je ! répliqua Lancelot en soupirant.

Mais Galehaut lui conseilla de la voir, et il y consentit.

XXXI

Noi leggevamo un giorno per diletto
Di Lancilotto, come amor lo strinse…

. . . .
. .

Quel giorno più non vi leggemmo avante.

DANTE.

La reine Guenièvre était la plus belle femme qui fut jamais, hors Hélène sans pair et la fille du roi Pellès. Elle était grande, droite et bien faite, ni grosse ni maigre, mais entre les deux, et ses seins bien placés, menus, blancs, serrés, soulevaient sa robe comme pommelles dures ; la taille étroite, les reins assez larges pour mieux souffrir le jeu du lit, les bras ronds, longs et pleins, les doigts longuets aussi et les mains petites, enfin si avenante de corps et de membres qu'on n'y trouvait rien à reprendre. Ses cheveux blonds et luisants comme une coupe d'or, étaient un peu crêpelés, ce qui lui allait bien, et ses tresses, grosses à plein poing, lui tombaient jusques aux hanches. Elle avait les yeux verts et brillants comme un faucon de montagne, les sourcils bruns et déliés, la chair plus blanche que sirène ou fée, plus tendre que fleur en mai, plus fraîche que la neige qui tombe. Son front était aussi lisse que le cristal, ses lèvres vermeilles comme la rose et un peu charnues pour bien baiser, ses dents claires, riantes, faites au compas ; bref elle avait l'air d'un ange descendu de la nue. Mais autant elle était belle, autant elle était sage, bien parlante, courtoise, débonnaire et vaillante, de manière qu'on ne pouvait la voir sans l'aimer.

Quatre jours s'écoulèrent, durant lesquels elle ne cessa de prier Galehaut de hâter l'entrevue : car elle soupçonnait bien que le noir chevalier n'était pas aussi loin qu'on disait. Enfin, le cinquième, comme elle lui demandait quelles étaient les nouvelles :

— Assez belles, dame, fit-il ; la fleur des chevaliers est arrivée.

— Ha ! comment faire pour le voir en secret ?... C'est que je ne veux point que d'autres le voient avant moi.

— En nom Dieu, c'est aussi ce qu'il ne veut ! Mais voici ce que nous ferons.

Il lui montra un coin de la prairie tout couvert d'arbrisseaux, et il lui recommanda de venir là au crépuscule, aussi peu accompagnée que possible.

— Beau doux ami, comme vous parlez bien ! Plût au Sauveur du monde qu'il fit nuit sur-le-champ !

Toute la journée, elle devisa pour tromper le temps. Enfin, le soir venu, elle prit la main de Galehaut, manda pour la suivre la dame de Malehaut, Laure de Carduel et une autre de ses demoiselles, et elle s'en fut avec eux, par les prés, au rendez-vous.

Tout en cheminant, Galehaut appela un écuyer qui passait, et lui commanda d'aller dire à son sénéchal qu'il vînt immédiatement au pré des arbrisseaux.

— Quoi ! fit la reine étonnée, est-il votre sénéchal ?

— Nenni, dame ; mais mon sénéchal est averti de l'amener avec lui.

Sous les arbres, Galehaut et la reine s'assirent assez loin des demoiselles, un peu surprises de se voir ainsi écartées. Pendant ce temps, le sénéchal et son compagnon passaient le gué et s'en venaient à travers la prairie. Lancelot était si beau qu'on n'eût point trouvé son pareil en tout le pays : aussi, dès qu'elle aperçut son ancien prisonnier, la dame de Malehaut se le remit très bien ; mais, afin de n'en être pas reconnue, elle baissa la tête et s'approcha de Laure, lorsqu'il la salua en passant.

Quand il arriva devant la reine, avec son compagnon, Lancelot tremblait si fort qu'à peine put-il mettre genou en terre ; il avait perdu toute couleur et baissait les yeux comme honteux. Et Galehaut, qui s'en aperçut, dit à son sénéchal :

— Allez faire compagnie à ces demoiselles qui sont là trop seules.

Et, dès que le sénéchal se fut éloigné, la reine releva par la main le chevalier agenouillé et le fit asseoir devant elle.

— Sire, lui dit-elle en riant, nous vous avons beaucoup désiré ; enfin, par la grâce de Dieu et de Galehaut, nous vous voyons ! Encore ne suis-je point sûre que vous soyez bien celui que je demande ; Galehaut me l'a dit, mais, si tel était votre bon plaisir, j'aimerais de l'apprendre de votre bouche. Qui êtes-vous ?

Lancelot, qui n'osait pas encore la regarder au visage, murmura qu'il n'en savait rien. Alors, voyant son trouble durer, Galehaut pensa qu'il serait plus à l'aise seul à seule, et d'une voix assez haute pour que les demoiselles l'entendissent :

— Je suis bien vilain, s'écria-t-il, de laisser ces dames en compagnie d'un seul chevalier !

Et, à son tour, il fut s'asseoir auprès d'elles et se mit à deviser de maintes choses.

— Beau doux sire, disait cependant la reine, pourquoi vous cachez-vous de moi ? Vous pouvez bien confesser si vous aviez des armes noires, et si vous êtes celui qui vainquit le premier jour et le second.

— Dame, ce n'est pas moi.

Mais elle comprit ce qu'il voulait dire : c'est qu'il n'avait pas vaincu ; et elle ne l'en prisa que davantage pour sa modestie.

— Qui donc vous a fait chevalier ?

— Dame, c'est vous.

— Moi ?

Alors il lui dit comment la Dame du Lac l'avait amené à la cour vêtu d'une robe blanche et comment, valet le vendredi, il avait été adoubé le dimanche ; mais le roi ne lui avait pas ceint l'épée, et c'était d'elle qu'il tenait la sienne : il était donc son chevalier. Puis il conta tout ce qu'il avait fait depuis lors, et quand elle sut que c'était lui qui avait conquis la Douloureuse Garde :

— Ha ! s'écria-t-elle, je sais bien qui vous êtes : vous êtes Lancelot du Lac, fils du roi Ban de Benoïc !

Il se tut.

— Mais dites-moi, reprit-elle, pour qui avez-vous fait tout cela ? Je ne le répéterai à personne. C'est sûrement pour une dame. Par la foi que vous me devez, quelle est-elle ?

— Ha ! dame, je vois bien qu'il faut l'avouer : c'est vous.

— Pourtant ce n'est pas pour moi que vous rompîtes les deux lances que l'on vous apporta de la part des dames, le premier jour du tournoi, car je m'étais mise hors du message.

— Je fis pour elles ce que je dus ; pour vous, ce que je pus.

— M'aimez-vous donc tant ?

— Dame, je n'aime ni moi, ni autrui autant que vous.

— Et depuis quand m'aimez-vous ?

— Dès l'heure que je vous vis.

— Mais d'où vous vint cet amour ?

À ce moment, la dame de Malehaut toussa et écarta son voile. Lancelot reconnut sa voix, puis son visage, et soudain il éprouva tant d'inquiétude que ses yeux se mouillèrent d'angoisse. La reine, surprise, aperçut qu'il regardait ses demoiselles ; mais elle répéta sa question sans en faire semblant. Et, prenant sur lui pour parler, il répondit :

— Dame, c'est vous qui me fîtes votre ami, si votre bouche ne mentit. Le jour que je pris congé de vous, je vous dis que je serais votre chevalier où que je fusse, et vous me répondîtes que vous le vouliez bien. Et je vous dis encore : *Adieu, dame !* Et vous répliquâtes : *Adieu, beau doux ami !* Et jamais plus ce mot ne m'est sorti du cœur. C'est lui qui me rendra prud'homme, si je le suis jamais. Il m'a garanti de tous maux. Il m'a sauvé de tous les périls. Il m'a rassasié lorsque j'avais faim. Il m'a fait riche en ma pauvreté.

— Ma foi, Dieu soit béni de me l'avoir fait dire ! Mais je ne lui donnais pas tant d'importance et je l'ai dit à maint chevalier sans y songer. S'il vous fait prud'homme, c'est que vous n'avez point le cœur d'un vilain. Pourtant ils n'ont point accoutumé de penser si hautement, ces chevaliers qui font grand état auprès des dames de choses qui, au fond, leur tiennent très peu à cœur. Et j'ai bien vu, il y a un instant, que vous aimez l'une de mes demoiselles, car vous avez pleuré d'angoisse ; et maintenant encore, vous n'osez regarder franchement de leur côté. À cela je vois que votre pensée ne m'appartient pas autant que vous dites… Laquelle est-ce ?

— Ha ! dame, en nom Dieu ! Dieu m'aide ! jamais aucune d'elles n'eut mon cœur en son pouvoir !

— J'ai vu ce que j'ai vu. Votre cœur est là-bas, quoique votre corps soit ici.

Elle disait cela pour le tourmenter, car elle sentait bien que c'était elle qu'il aimait d'amour. Mais lui, il fut si angoissé de l'entendre parler ainsi, qu'il se fût pâmé, si la peur d'être aperçu par les demoiselles ne l'eût retenu. En le voyant changer de couleur, la reine le prit par les épaules pour l'empêcher de tomber et elle appela Galehaut. Celui-ci vint tout courant, et quand elle lui eut conté ce qui s'était passé :

— Ha ! dame, fit-il, vous pourriez bien me l'enlever par de telles cruautés !

— Mais il prétend que c'est pour moi qu'il a fait tant d'armes : est-ce vrai ?

— Vous pouvez bien l'en croire : comme il a le cœur le plus preux, il a le cœur le plus vrai du monde. Pour Dieu, ayez merci de lui, qui vous aime plus que lui-même !

— Mais que puis-je ? Il ne me demande rien.

— Dame, c'est qu'il n'ose : on tremble quand on aime. Je vous prie donc en son nom de lui octroyer votre amour, de le prendre pour votre chevalier et de devenir sa dame à toujours ; ainsi vous le ferez plus riche que si vous lui donniez le monde. Et scellez votre promesse d'un baiser, devant moi, en témoignage d'amour vrai.

— Je le lui donnerais aussi volontiers qu'il le recevrait ; mais ce n'est point l'heure ni le lieu. Mes demoiselles doivent s'étonner déjà que nous en ayons tant fait, et il ne se pourrait qu'elles ne nous vissent.

Lancelot était si heureux et si ému, qu'il ne put répondre que : « Ha, dame, grand merci ! » Mais Galehaut reprit :

— Promenons-nous tous trois, comme si nous causions.

— Je ne m'en ferai pas prier, dit la reine.

Alors ils s'éloignèrent ensemble, feignant de s'entretenir. Et la reine, voyant que Lancelot n'osait rien faire, le prit par le menton et, devant Galehaut, elle le baisa assez longuement. Si bien que la dame de Malehaut la vit.

— Beau doux ami, dit la reine, je suis vôtre et j'en ai grande joie. Mais gardez que la chose reste secrète, car je suis une des dames dont on a dit le plus de bien et, si ma réputation se perdait, notre amour en serait enlaidi. Et vous, Galehaut, rappelez-vous que, si quelque mal m'en advenait, ce serait votre faute, comme, si j'en ai bien et bonheur, ce sera par vous.

— Dame, je voudrais vous faire une prière : c'est de me donner son amitié.

Alors la reine prit Lancelot par la main droite :

— Galehaut, dit-elle, je vous donne à toujours Lancelot du Lac, fils du roi Ban de Benoïc.

Et quand Galehaut connut le nom de son ami, il en eut grande joie, car il savait bien que le roi Ban avait été l'un des plus gentils hommes du monde.

XXXII

La nuit était tombée, mais le temps était clair et serein, et la lune belle luisait sur les prés. Lancelot et Galehaut accompagnèrent la reine jusqu'à son pavillon ; derrière eux venaient le sénéchal et les dames. Là, les chevaliers prirent congé, et les deux amis furent coucher dans le même lit, où toute la nuit ils causèrent de ce qui leur tenait à cœur.

Cependant la reine rêvait à une fenêtre. La dame de Malehaut, la voyant seule, s'approcha tout doucement :

— Ha ! murmura-t-elle, bonne est la compagnie de quatre !

Puis comme la reine faisait semblant de ne pas entendre, elle répéta :

— Comme est bonne la compagnie de quatre !

— Que voulez-vous dire ?

— Dame, j'ai peut-être parlé plus qu'il ne convenait. On ne doit pas prendre plus de liberté avec sa dame et son seigneur qu'ils n'en donnent, sous peine de s'en faire haïr.

— Par Dieu, je vous sais trop sage et trop courtoise pour rien dire qui soit propre à vous faire haïr. Parlez, je le veux et je vous en prie.

— Dame, j'ai vu comment vous vous êtes accointée au chevalier dans le verger. Vous ne pourriez mieux placer votre cœur, car vous êtes ce qu'il aime le plus au monde. Je l'ai tenu prisonnier longtemps ; ses armes vermeilles, ses armes noires, c'est moi qui les lui ai données. Avant-hier, quand je le vis pensif au bord de la rivière, je devinai bien qu'il vous aimait. Un instant, j'avais cru pouvoir obtenir son cœur... Las ! il me détrompa bientôt.

Et elle conta comment elle avait gardé Lancelot en sa prison durant un an et demi, et tout ce qui s'était passé jusqu'à ce qu'il en sortît.

— Mais, reprit la reine, pourquoi dites-vous que mieux vaut la compagnie de quatre que de trois ? Une chose demeure plus celée quand on n'est que trois à la connaître.

— Dame, bientôt Galehaut et son ami partiront, mais où qu'ils soient, ils pourront parler de vous. Vous resterez, et si vous n'osez découvrir à personne votre penser, vous en porterez seule tout le faix. S'il vous plaisait que je fusse la quatrième en votre secret, vous pourriez m'entretenir de lui.

— Belle amie, vous y entrerez. Mais sachez que je ne pourrai plus jamais me passer de vous, car, lorsque j'aime, personne n'aime plus que moi.

Alors elle apprit à la dame de Malehaut que le noir chevalier s'appelait Lancelot du Lac, et elle eut soin de lui conter comment il avait pleuré en la regardant. Puis elle voulut à toute force que sa nouvelle amie partageât son lit, et quand elles furent couchées, elle lui demanda si elle aimait en aucun lieu. L'autre, songeant à Lancelot, répondit qu'elle n'avait jamais aimé qu'une fois, en pensée seulement. Alors la reine décida qu'elle la lierait à Galehaut.

XXXIII

Le lendemain, de bonne heure, elles retournèrent à la prairie aux arbrisseaux, accompagnées de quelques pucelles, et la reine dit à la dame de Malehaut qu'elle chérirait ce lieu à toujours. Puis elle se mit à louer Galehaut de son mieux, déclarant qu'il était le plus sage et le plus noble des chevaliers, et qu'elle lui conterait la nouvelle amitié qui s'était nouée entre elles deux, et qu'il en aurait grande joie. Plus tard, quand Galehaut fut venu voir le roi, elle le tira à part et lui demanda s'il aimait d'amour dame ou demoiselle.

— Dame, nenni.

— Savez-vous pourquoi je vous demande cela ? Puisque j'ai accordé mes amours à votre volonté, je veux que vous placiez les vôtres à la mienne, et c'est en une dame belle, sage et courtoise, qui est haute femme et riche d'honneur : elle a nom la dame de Malehaut.

— Dame, répondit Galehaut, vous pouvez faire de moi ce qu'il vous plaira.

Alors la reine appela la dame de Malehaut et lui dit :

— En nom Dieu, je veux donner votre cœur et votre corps : êtes-vous prête à faire ma volonté ?

L'autre, qui était sage, répondit que oui. Et la reine, les prenant tous deux par la main, dit à Galehaut :

— Sire chevalier, je vous donne à cette dame comme vrai ami loyal de cœur et de corps.

Puis à la dame :

— Dame, je vous donne à ce chevalier comme vraie amie et loyale de toutes vraies amours.

Tous deux l'accordèrent, et la reine voulut qu'ils échangeassent un baiser. Après quoi ils avisèrent aux moyens de se voir tous les quatre, et rendez-vous fut pris pour la même nuit dans le pré aux arbrisseaux.

Lorsqu'ils s'y trouvèrent, sachez qu'il y eut entre eux moins de paroles que de baisers ; et de même les nuits suivantes. Mais il advint que messire Gauvain se trouva guéri et que le roi voulut partir. Il pria Galehaut de venir avec lui ; mais celui-ci répondit qu'il ne pouvait, ayant fort à faire en ses îles lointaines. Et cette même nuit fut la dernière pour les quatre amants.

Ici finit le livre des amours de Lancelot du Lac.

Grâces à Dieu et à la Vierge Marie.

Table des matières